»Was gibt's Neues vom Krieg?« – Eigentlich nichts, denn er ist zum Glück vorbei. Paris im Jahr 1946. In der Damenschneiderei von Monsieur Albert sind alle froh, daß Frieden ist und die Deutschen endlich aus Frankreich verschwunden sind. Man kann wieder in Ruhe arbeiten, ja, man kann sogar lachen. Man fragt einfach: »Was gibt's Neues vom Krieg?«, und es kommen die merkwürdigsten Dinge ... Einer nach dem anderen füllt dieses Buch mit der Geschichte eines geretteten Lebens: Der Patron und seine Frau, Madame Lea, mit den beiden Kindern Raphaël und Betty – »eine vollständige Familie« – fast schon ein Wunder. Die beiden Näher, Abramowitz, der das Lager überlebt hat und den sie Abramauschwitz nennen, wenn sie besonders gute Laune haben, und Charles, der schweigt und seine Brille putzt. Die Zuschneiderinnen, Madame Paulette, die alles besser weiß, und Madame Andrée, die nie lacht, die keine Jüdin ist, die alle mögen und die ein Familienproblem hat ... Robert Bobers preisgekrönter Roman zerrt die Schrecken von Krieg und Vernichtung nie ins grelle Licht, sondern kommt in scheinbar leichtem, ja heiterem Tonfall daher. Aber sie bleiben dennoch stets gegenwärtig ... »Ein durchdringendes kleines Buch.« (Verena Auffermann, ›Die Zeit‹)

Robert Bober, geboren 1931 in Berlin, 1933 Emigration mit seinen Eltern nach Paris, wo er seitdem lebt. Er war Assistent bei Truffaut, hat zahlreiche Dokumentarfilme gedreht und zusammen mit Georges Perec das Buch ›Récit d'Ellis Island‹ veröffentlicht. ›Was gibt's Neues vom Krieg?‹, sein erster Roman, wurde 1993 mit dem begehrten Rundfunkpreis Prix Livre Inter ausgezeichnet.

Robert Bober

Was gibt's Neues vom Krieg?

Roman

Deutsch von Tobias Scheffel

Deutscher Taschenbuch Verlag

Dem Andenken meiner Eltern

Ungekürzte Ausgabe
September 1997
Deutscher Taschenbuch Verlag GmbH & Co. KG,
München
© 1995 Editions P. O. L., Paris
Titel der französischen Originalausgabe:
›Quoi de neuf sur la guerre?‹
© 1995 der deutschsprachigen Ausgabe:
Verlag Antje Kunstmann, München
ISBN 3-88897-156-X
Umschlagkonzept: Balk & Brumshagen
Umschlagbild: © Henri de Chatillon/RAPHO, Paris
Gesamtherstellung: C. H. Beck'sche Buchdruckerei,
Nördlingen
Gedruckt auf säurefreiem, chlorfrei gebleichtem Papier
Printed in Germany · ISBN 3-423-12338-9

ERSTER TEIL

*»Wißt Ihr was, Reb Scholem Alejchem?
Wollen wir doch besser von etwas Lustigerem reden:
was gibt's Neues vom Krieg?«*
Scholem Alejchem (Tewje der Milchmann)

»Der Krieg ist zu Ende, aber glaubt bloß nicht daran.«
Franc-Tireur, 8. Mai 1945

Abramowicz

Ich heiße Abramowicz. Maurice Abramowicz. Hier in der
Schneiderei nennt man mich Abramauschwitz. Anfangs, weil
wir das lustig fanden. Jetzt eher aus Gewohnheit. Léon, dem
Bügler, ist das eingefallen. Nicht sofort, er hat es nicht gewagt. Denn immerhin ist ein ehemaliger Deportierter zunächst einmal ein ehemaliger Deportierter, auch wenn er ein
guter Näher ist.

Als Näher brauche ich niemanden zu fürchten. Vor allem,
was Schnelligkeit angeht. Als ich mich hier zum Saisonbeginn
vorgestellt habe, waren wir zwei für die Stelle. Das heißt,
auch andere sind gekommen, mit der Zeitung unterm Arm,
aber da saßen wir schon an der Maschine. Der andere war
jung und stark, und an der Art, wie er das Modell ansah, habe
ich sofort gesehen, daß er sein Metier versteht. Trotzdem, als
ich vierzig Minuten später den zweiten Ärmel angesetzt habe,
begann er erst mit dem Kragen. Als ich den fertigen Mantel
über die Schneiderpuppe hängte, hob er grinsend den Kopf
und sagte zu mir, wenn er gleich gewußt hätte, daß ich ein
»Griner«[*] sei, dann hätte er das Wettrennen gar nicht erst versucht. Der Chef hat ihm seine Arbeit bezahlt, und er ist losge-
zogen, um sich eine andere Stelle zu suchen. Dann habe ich
die Schneiderei kennengelernt.

Es gibt drei Nähmaschinen. Eine für mich, direkt gegenüber eine für Charles, einen Schneider, der den Chef seit vor
dem Krieg kennt, aber nie ein Wort sagt, und die dritte für
den Chef, aber der benutzt sie nicht oft. Er näht die Futter

---

[*] Die mit [*] gekennzeichneten Begriffe werden im Glossar S. 185 erklärt.

7

und die Modelle. Manchmal macht er noch ein Kleidungsstück nach Maß, aber seine Arbeit sind vor allem die Schnitte.

Jede Woche, nachdem er bei Wasserman abgeliefert hat,
breitet er den Stoff auf seinem Zuschneidetisch aus und ordnet die Schablonen so geschickt wie möglich darauf an, um
zu sparen. Währenddessen singt er Lieder, die man nicht im
Radio hört. Er sagt, das seien Chansons aus den Music-Halls
und von vor dem Krieg. Wenn seine Frau, Madame Léa,
singt, dann auf jiddisch. Aber all das hat wenig Bedeutung,
denn während der Saison machen wir so viel Lärm mit den
Maschinen, daß man das Singen nicht hört.

Und außerdem ist Madame Léa nicht immer da, sie hat
zwei Kinder: Raphaël, der dreizehn ist, und seine kleine
Schwester Betty. Es ist eine vollständige Familie.

Samstags kommen wir auch zum Arbeiten, weil wir alle
sehr hinter der Arbeit her sind. Aber an dem Tag kommt Madame Léa nachmittags mit Tee in großen Gläsern und einem
Kuchen, den sie selbst gebacken hat. Charles, der nie etwas
sagt, sagt danke und trinkt seinen kochendheißen Tee in kleinen Schlucken, und jedesmal, bevor er sich wieder an die Arbeit macht, putzt er langsam seine Brille.

Madame Léa betrachtet Charles und mich als Kinder.
Wenn wir fertig sind, könnte man meinen, sie seufze ein
bißchen, und dann räumt sie die Gläser zurück in die Küche.

Die Arbeit, die Charles und ich machen, reicht, um drei
Fertigmacherinnen zu beschäftigen. Hier in Frankreich ist mir
aufgefallen, daß nur die wenigsten Fertigmacherinnen Jüdin-
nen sind. Das heißt, manchmal gibt es schon eine junge, die
Jüdin ist, aber sie heiratet dann bald einen Schneider, und sie
machen sich selbständig.

Eine der Fertigmacherinnen in der Schneiderei, Madame
Paulette, ist Jüdin, aber sie ist alt. Wenn sie spricht, will sie auf

Goj machen und sagt, sie habe einen elsässischen Akzent. Aber Léon hat mir gesagt, daß ihr jiddischer Akzent fast so stark sei wie meiner. Die anderen beiden Fertigmacherinnen heißen Jacqueline und Andrée. Andrée nennen wir Madame Andrée, weil sie verheiratet war und geschieden ist. Vielleicht ist das der Grund, weshalb sie traurig ist. Sie ist nicht wirklich traurig, aber sie lacht nie.

Es stimmt auch, daß wir meistens, wenn wir in der Schneiderei lachen, über eine Geschichte lachen, die wir auf jiddisch erzählt haben.

Meine Mutter erzählte mir, daß ihre Mutter in Szydlowiec, in Polen, immer zu ihr sagte: »Jiddisch ist die schönste Sprache von allen!«

»Und warum?« fragte meine Mutter.

»Raysele«, antwortete dann ihre Mutter, »weil im Jiddischen man versteht jedes Wort.«

Aber Madame Andrée, die lacht nicht einmal, wenn wir Französisch reden. Als ob sie im Französischen nicht jedes Wort verstünde. Man könnte glauben, es sei wegen des Akzents, aber Léon, der Bügler, ist beinahe in Frankreich geboren, und mit dem lacht sie auch nicht. Als er mich zum ersten Mal Abramauschwitz genannt hat, haben wir mit der Arbeit aufgehört, so haben wir gelacht. Aber Madame Andrée ist ganz blaß geworden. Wenn ich nicht auch gelacht hätte, hätte sie Léon sicherlich etwas gesagt: Daß man mit solchen Sachen keine Scherze macht, daß die Nicht-Juden darüber Scherze machen, das geht ja noch, schlimm genug, aber nicht hier, nicht in der Schneiderei, nicht unter Juden, die es doch wissen.

Ein andermal war sie schon morgens ganz blaß in die Schneiderei gekommen. Sie hatte einen Chansonnier, Jean Rigaux, im Radio etwas Furchtbares über die Lager sagen hören: Daß das keine Verbrennungsöfen gewesen seien, sondern Brutkästen! Plötzlich war auch Léon ganz blaß geworden. Niemand in der Schneiderei hat etwas gesagt. Alles geschah im Kopf. Ich habe gedacht: Soll er verrecken, der Chansonnier. Monsieur Albert, der Chef, hat den ganzen Tag nicht gesungen, und man hat nichts anderes mehr gehört als den Lärm der Nähmaschinen und den Dampf, der aus dem Dämpfer dringt, wenn Léon sein Gaseisen aufsetzt.

Ich mag Madame Andrée, und wenn sie so blaß wird, dann tut mir das weh. Es ist, als ob man hindurchsehen würde. Vor allem bei ihr, die dunkles Haar hat. Es steht ihr besser, wenn sie rote Wangen hat, was ihr häufig passiert, denn sie wird leicht rot.

In unserer Familie haben wir rote Wangen immer gemocht. Das ist ein Zeichen für gute Gesundheit, sagte meine Mutter. In Polen, wenn sie die polnischen Mädchen auf der gegenüberliegenden Straßenseite vorbeigehen sah, beneidete sie sie immer um ihre roten Wangen unter den blonden Zöpfen. Sie tröstete sich nur mit einer Verwünschung darüber hinweg.

Vor ein paar Tagen hatte Madame Andrée wieder ganz rote Wangen. Sie hat mich gefragt, ob ich, da jetzt die Sauregurkenzeit komme, ihr nicht vielleicht einen Mantel für den Winter machen könnte, sie würde natürlich meine Arbeit bezahlen. Abends dann, als sie fertig mit dem Futtereinheften war und ihren blauen Kittel abgelegt hatte, habe ich bei ihr Maß genommen. Sie trug eine weiße kunstseidene Bluse und einen glatten schwarzen Rock und stand vor mir, ohne etwas zu sagen. Brustumfang: 94. Ich habe mich ein wenig vorgebeugt. Taillenumfang: 67. Ich habe mich gebückt und habe das Maßband um die Hüften gelegt: 100. Ein echter »Stockman«* Größe 42.

Ich habe die Maße in die Schublade meiner Nähmaschine gelegt und noch ein bißchen gearbeitet und an Madame Andrée gedacht. Vielleicht werde ich sie eines Tages, wenn Léon mich Abramauschwitz nennt und sie darüber lacht, fragen, ob sie sich mit mir zusammen selbständig machen möchte.

Erster Brief von Raphaël

Liebe Mama und lieber Papa,   Schloß D.

ich schreibe Euch aus dem Schloß, wo wir gut angekommen sind. Wir sind sehr viele in der Ferienkolonie, und es gibt im Schloß nicht genug Zimmer für alle, deshalb schlafen die Großen von dreizehn bis fünfzehn Jahren, zu denen auch ich gehöre, in großen Zelten. Betty schläft im Schloß in einem runden Schlafraum. Wir essen alle zusammen in einem großen Saal vom Schloß, und das Essen ist besser als im Internat in Clamart. In dem Saal steht eine große Orgel, aber wir dürfen sie nicht anfassen. Man hat uns gesagt, daß das Schloß früher Priestern gehört hat, aber daß es während des Krieges von den Deutschen beschlagnahmt worden ist. Im Schloß gibt es auch einen Raum für Werkunterricht, und aus dem Raum schreibe ich Euch. Jeder muß einmal in der Woche Briefe schreiben, aber es gibt welche, die das nicht machen, weil sie sagen, sie hätten niemanden, an den sie schreiben könnten. Apropos Clamart, wißt Ihr, wen ich in der Ferienkolonie getroffen habe? Raphaël I.! Erinnert Ihr Euch, er war mit mir im Internat. Ich habe Euch erzählt, daß er Raphaël I. genannt wurde, weil es nach meiner Ankunft im Internat zwei Raphaëls gegeben hat. Wir haben im Zelt gleich zwei Betten nebeneinander genommen, weil wir uns schon kannten. Jetzt wissen wir unsere richtigen Namen. Als ich erzählt habe, daß ich im Internat unter dem Namen Blondel das D.E.P.P.* bestanden und deswegen ein Jahr wiederholen mußte, haben alle Tränen gelacht. Die große Schwester von Raphaël I. ist Betreuerin in der Kolonie. Die Betreuer sind sehr nett und haben uns am ersten Abend beim Zusammensein im Speisesaal von der Résistance erzählt. Sie haben uns das Lied der sowjetischen Partisanen beigebracht, ich kann es fast auswendig, und ich singe es Euch vor, wenn ich nach den Ferien nach Hause komme.

Es gibt einen Betreuer, der Simon heißt, aber wir nennen ihn Leutnant, weil er mit der Armee bis nach Berlin gekommen ist. Wir bekommen alle Spitznamen, je nach unserem Charakter oder anderen Dingen. Mein Betreuer heißt Max, und er will später Anwalt werden. Ich habe vergessen, Euch zu sagen, daß wir in Gruppen zu etwa fünfzehn aufgeteilt sind und sich jede Gruppe einen Namen gegeben hat. Ich gehöre zur Gruppe Thomas Fogel. Thomas Fogel war ein Widerstandskämpfer, der mit siebzehn Jahren erschossen wurde. Er war ein Freund der Betreuer, die bei uns sind. Die anderen Gruppen der Großen heißen Charles Wolmark, Léon Bursztyn und Marcel Rayman. Sie wurden auch von den Deutschen erschossen. Hier duzen sich alle. Wir duzen sogar die Leiterin der Kolonie, und wir reden sie mit ihrem Vornamen an. Sie heißt Louba, das ist ein russischer Vorname. Heute Nachmittag spielen wir Völkerball, und danach lernen wir Volkstänze. Wenn Du mir ein Päckchen schickst, dann mit Sachen, die sich aufteilen lassen, denn wir tun alle Päckchen zusammen, und das ist dann leichter zu teilen.

Ich umarme Euch ganz fest und übergebe Betty den Stift, die Euch noch ein paar Worte schreiben will.

Raphaël

Ich umarme Euch ganz fest
Betty

13

Zweiter Brief von Raphaël

Liebe Mama, lieber Papa,   Schloß D.

wir sind schon zwei Wochen in der Ferienkolonie, und es macht uns immer noch genausoviel Spaß. Ich hoffe, daß es Euch auch gutgeht. Wir sind hier sehr aktiv und erarbeiten mit einem Betreuer, der Theater macht und den wir »Drama« nennen, kleine Theaterstücke für die gemeinsamen Abende. Hier ist sogar das Gemüseputzen ein Teil des Programms. Morgens ist immer eine andere Gruppe zuständig für das Kartoffelschälen. Man hat uns erklärt, daß das eine Entlastung ist für die Köche, spanische Republikaner, die nach dem spanischen Krieg nach Frankreich geflohen sind. So schälen wir also Kartoffeln und nutzen die Gelegenheit, um ein neues Lied zu lernen. Außer Raphaël I. habe ich einen Haufen neuer Freunde kennengelernt. Vor allem mit einem verstehe ich mich gut, er heißt Georges. Er hat einen Tick, er macht Listen. Vor allem Listen mit Filmen. Er fragt uns alle nach den Titeln der Filme, die wir gesehen haben, und schreibt sie auf Blätter. Aber er fängt ständig neu an, weil er sie alphabetisch ordnet und es immer neue gibt, und so findet man überall Listen, in den Schlafräumen, im Zelt oder im Schloßpark.

Gestern ist etwas passiert, während wir die Wandzeitung gemacht haben. Eine Wandzeitung ist eine Zeitung, die wir im Speisesaal an die Wand hängen und wo wir Artikel aufkleben, die wir selber geschrieben haben, oder Lieder oder Zeichnungen. Wir hatten einen großen Tisch mit Bänken im Park aufgestellt, und jeder zeichnete oder schrieb einen Artikel, als Max, unser Betreuer, plötzlich ganz laut schrie:

»PAPA!«, und alle haben den Kopf gehoben. Ein Herr, den eine Dame am Arm führte, kam mit kleinen Schritten auf uns zu. Da ist Max zu ihm gerannt und hat ihn umarmt. Und sie haben alle drei angefangen zu weinen, während sie sich weiter umarmt haben. Dann hat ein Mädchen neben mir auch angefangen zu weinen und andere haben auch angefangen zu weinen. Es war der Vater von Max, der von der Deportation zurückkam. In der Nacht ist Georges, der im gleichen Zelt schläft wie ich, aus dem Schlaf hochgefahren und hat geschrien. Das hat uns aufgeweckt, und wir haben gemerkt, daß die Betreuer nicht schliefen sondern in den Zelten und Schlafräumen herumgingen. Heute morgen haben wir erfahren, daß ein Kind in der Nacht abgehauen ist und Polizisten es im Schlafanzug am Bahnhof wiedergefunden haben. Sie haben es zurückgebracht und den Betreuern gesagt, daß sie schlecht auf die Kinder der Kolonie aufpassen würden.

Neulich abend haben sie uns einen sowjetischen Film vorgeführt: *L'Arc-en-ciel**. Der war gut. Es ist die Geschichte von einem Dorf, das von den Boches besetzt ist, bis zu seiner Befreiung durch die Widerstandskämpfer. Georges hat den Film auch gut gefunden, nur muß er jetzt seine Filmliste von Anfang an neu schreiben.

Ich höre jetzt auf, denn ich muß den Artikel über den Film *L'Arc-en-ciel* für die Wandzeitung noch fertig machen.

Ich vergaß, Euch zu sagen, daß es Betty sehr gut geht, aber ich weiß, daß sie Euch an ihrem Posttag geschrieben hat.

Ich umarme Euch ganz fest

Raphaël, der Euch liebt

PS: Ich habe das Päckchen bekommen, aber wir hatten Schwierigkeiten, den Kuchen zu teilen, den Du gemacht hast, weil er auf der Reise ein bißchen zerdrückt worden ist.

Dritter Brief von Raphaël

Liebe Mama und Papa, Schloß D.

heute ist wieder Posttag, und ich habe Euch nichts Besonderes zu schreiben, außer von dem Fest, das wir für das Ende des Monats vorbereiten. Jede Mannschaft muß einen Stand aufbauen und darin für die anderen und auch für die Leute aus dem Dorf, die eingeladen sind, etwas vorführen.

Außerdem ist heute Nacht eine komische Geschichte in unserem Zelt passiert, und ich weiß nicht richtig, wie ich sie erzählen soll. Georges, der neben mir sitzt und der die Poststunde nutzt, um seine Filmliste neu anzulegen, weil er niemanden hat, dem er schreiben kann, hat mir gesagt, daß man immer alles aufschreiben oder erzählen muß, um sich später daran zu erinnern. Er hat mir geraten, eine Zeichnung zu machen, damit ich die Geschichte dieser Nacht besser erzählen kann.

Hier die Zeichnung vom Zelt mit der Anordnung von allen Betten.

	RAPHAËL I.	ICH	GEORGES	RENÉ	
A					B
	MARCEL	HENRI	ALEX	ROLAND	

In der Nacht ist Marcel aufgestanden, um auf die Toilette zu gehen, und hat auf Seite A das Zelt verlassen. Er hatte kein Licht gemacht, um uns nicht zu wecken, aber das war nicht schlimm, denn er wußte, daß sein Bett das erste rechts ist, wenn man reinkommt. Nur, ich weiß nicht, warum, ist er etwas später auf Seite B zurückgekommen, und er war sehr überrascht, als er sich in sein Bett legen wollte und merkte, daß jemand drin lag, und er hat René geschüttelt, der tief schlief, und hat ihn gefragt, was er da macht. René hat nichts verstanden, und Marcel, der überzeugt war, daß René einen Anfall von Schlafwandeln hatte, bestand darauf, daß er in sein Bett in der entgegengesetzten Ecke zurückkehrt. Das Bett von Marcel war ein wenig vom Licht aus dem Park beleuchtet, das die ganze Nacht anbleibt, und es war tatsächlich leer. Wir sind gerade wach geworden, als René sich entschuldigte und sich in das Bett von Marcel gelegt hat. Raphaël I. hat das Licht angemacht, um zu verstehen, was da vor sich geht, und wir haben gesehen, daß Marcel im Bett von René lag und René in dem von Marcel, der seinen Irrtum bemerkte, als es hell wurde. Wir haben alle angefangen zu lachen, außer René, der sich geärgert hat und behauptete, daß das vom ganzen Zelt abgesprochen gewesen wäre. Max ist gekommen, aber wir haben alle so gelacht, daß wir ihm nicht erklären konnten, was passiert war. Um uns zur Ruhe zu bringen, hat er gesagt, daß wir einmal zusätzlich Kartoffeln schälen müßten, und das haben wir heute morgen gemacht. Ich weiß nicht, ob Ihr alles verstanden habt, aber ich werde es Euch zu Hause besser erzählen.

Das ist alles für heute, aber ich schreibe Euch noch einen Brief, bevor die Kolonie zu Ende ist.

Ich hoffe, daß es Euch gutgeht, und umarme Euch ganz fest

Raphaël, der viel an Euch denkt

PS: Betty gefällt es nicht, wenn Ihr auf den Briefen, die Ihr mir schickt, an sie schreibt. Sie würde gerne Umschläge mit ihrem eigenen Namen drauf bekommen.

Vierter Brief von Raphaël

Liebe Mama und lieber Papa,   Schloß D.

das ist der letzte Brief, den ich Euch schreibe, denn wir fahren
in drei Tagen zurück nach Paris.

Gestern wurde das Ende der Ferienkolonie mit einem
großen Fest im Schloßpark gefeiert, und es war Klasse. Ganz
viele Menschen aus dem Dorf sind gekommen und auch
einige Leute aus Paris. Wir hatten den Park mit Wimpeln und
Girlanden geschmückt, und die Stände waren wie die auf der
Kirmes. Die Stände der Kleinen waren Spielstände, und Betty
kümmerte sich um eine Lotterie, die aus dem Rad von einem
Fahrrad gemacht war.

Am Anfang hat der Chor der Großen auf der Freitreppe
gesungen. Wir haben drei mehrstimmige Lieder auf französisch gesungen: das »Lied der Moorsoldaten«, das »Lied der
sowjetischen Partisanen« und das »Lied der französischen Partisanen«. Danach haben wir das »Lied der jüdischen Partisanen« auf jiddisch gesungen. Bei diesem Lied sind alle aufgestanden, aber die Leute aus dem Dorf erst ein bißchen später,
weil sie nicht wußten, was das ist. Danach hat jede Mannschaft in ihrem Stand etwas dargeboten.

Es wurden Sprechchöre aufgeführt. Ein Sprechchor ist ein
Gedicht, das von einer Gruppe vorgetragen wird, aber nicht
von allen gleichzeitig. Jeder sagt ein oder zwei Verse, oder die
Gruppe ist in zwei Hälften geteilt und man antwortet sich.
Mit meiner Gruppe haben wir einen Sprechchor mit einem
Gedicht von René Guy Cadou aufgeführt, *Les Fusillés de Cha-
teaubriant*. Am Ende des Gedichts habe ich allein gesprochen:

18

»Und daß alles einfach ist
Und daß vor allem der Tod eine einfache Sache ist«,

und dann haben wir alle gemeinsam gesagt:

»Denn jede Freiheit überlebt.«

Die beiden Gruppen der Großen haben Stücke auf jiddisch
aufgeführt. Es gab eines von Scholem Alejchem und ein anderes, *La Réforme,* das 1942 im Lager von Pithiviers geschrieben und aufgeführt worden ist.

Aber das beste war die Aufführung lebender Bilder, die
von »Drama« erarbeitet wurde. Es war eine Reihe von panto-
mimischen Szenen, die die Résistance zum Thema hatten,
von dem Attentat des Colonel Fabien in der Metrostation
Barbès* bis zu den Barrikaden während der Befreiung von
Paris. Dahinter stand eine Gruppe, die ein Gedicht von Ara-
gon vortrug, *La Rose et le Réséda,* und von Paul Eluard *Cou-
rage.* Und während vorn die Szenen gespielt wurden, spielte
»Drama« Mundharmonika. Die Leute, die aus Paris gekommen waren, weinten. Danach gab es einen großen Imbiß,
und Louba, die Leiterin, hat jemanden vorgestellt, der eine
Rede gehalten hat, und da haben wir erfahren, daß viele Kinder nach den Ferien im Schloß bleiben würden. Das sind alle
diejenigen, deren Eltern noch nicht aus den Lagern zurückgekommen sind. Ein Bus bringt sie dann jeden Tag zum Gymnasium, das zu weit entfernt ist, um zu Fuß hinzugehen. Die
Kleinen gehen auf die Schule im Dorf. Georges, der auch
bleibt, wird im Schloß schlafen. Ich habe ihm gesagt, daß das
gut ist und daß alle, die bleiben, sich noch wie in den Ferien
fühlen werden. Aber er wußte nicht so recht. Vielleicht kommen seine Eltern bald zurück. Ich habe versprochen, ihm zu
schreiben und ihm die Kinoprogramme für seine Liste zu

schicken. Wenn der Posttag beibehalten wird, hat er jetzt jemanden, dem er schreiben kann.

Davon abgesehen müssen wir morgen den Park aufräumen, damit er bei unserer Abfahrt sauber ist, und wir müssen auch noch gewogen werden, um zu wissen, ob wir in der Kolonie auch zugenommen haben.

Wenn Ihr uns am Bahnhof abholt: Wir kommen Donnerstag, vier Uhr dreißig nachmittags, an der Gare Saint-Lazare an.

Ich umarme Euch ganz fest

Raphaël

»Nähen und Auftrennen ist doch immer Arbeit«

Léon ist in die Schneiderei zurückgekommen. Er war eine Saison lang weg gewesen, um sich selbständig zu machen. Monsieur Albert hatte ihm viel Glück gewünscht. »Wenn es nicht läuft«, hatte er hinzugefügt, »kannst du immer zurückkommen.« Und Léon war zurückgekommen.

Er war gegangen und hatte wie jeden Abend gesagt: »Ich for awék, Senegalese!«* Und für den Anfang hatte er sich eine Nähmaschine geliehen, eine Schneiderpuppe gekauft und sich in seinem Eßzimmer niedergelassen, wo der Tisch früher sowieso ein Bügeltisch war. Er machte alles selbst, außer daß seine Frau die Futter einheftete und staffierte. Er war es auch, der ein- oder zweimal pro Woche bei Lederman ablieferte, einem Fabrikanten in der Rue du Faubourg-Poissonnière.

Und hier verging die Saison ohne Léon. Um ihn zu ersetzen, hatte Monsieur Albert einen jungen Bügler namens Joseph eingestellt. An seiner Art zu reden merkte man schnell, daß er eine gute Schulbildung hatte, aber er bügelte nicht so gut wie Léon. Wenn er abends gegangen war, war Monsieur Albert manchmal gezwungen, das Bügeleisen in die Hand zu nehmen, um die Enden der Ärmel wieder etwas in Form zu bügeln oder ein Revers wieder aufzufrischen. Aber ohne es Joseph zu sagen, denn er hatte ihn sehr gern.

Als Léon mit seiner Schneiderpuppe unter dem Arm zurückgekommen ist, gab es in der Schneiderei einen Bügler zuviel. Am selben Abend hat Monsieur Albert in der Küche lange mit Joseph gesprochen, und eine Woche später hat Léon wieder seinen Platz hinter dem Bügeltisch eingenommen.

Am ersten Morgen habe ich ihn mit einem »Na, kommst du wieder, Senegalese?« begrüßt.

»Abramauschwitz«, sagte er und sah mir dabei gerade in die Augen, »Abramauschwitz!«, und in seinem Blick habe ich verstanden, daß er mir zu verstehen geben wollte, daß er es sei, der in der Schneiderei die Wortspiele mache: »Ein Senegalese kommt nicht wieder, er verzieht sich.«*

Daraufhin hat niemand mehr gewagt, ihn zu fragen, was denn mit Lederman nicht geklappt habe. Als Jacqueline, die kleine Fertigmacherin, die gern Späße macht, ein »Na, Monsieur Léon, sind Sie wiedergekommen, weil ich Ihnen gefehlt habe?« riskierte, hat sich Léon damit begnügt, mit einem zustimmenden Lächeln zu antworten.

Erst acht Tage nach seiner Rückkehr hat uns Léon von seinen Erfahrungen erzählt.

Während der Saison lief alles gut. Wir wußten bereits, daß er alles selbst machte, außer daß seine Frau für ihn als Fertigmacherin arbeitete, und da sie einen kleinen Jungen haben, der noch nicht zur Schule geht, weil er im Juli 1942 geboren ist, waren ihre Tage gut ausgefüllt. Und sogar die Abende, ja sogar die Samstage. »Mehr als einmal«, erzählte uns Léon, »bin ich morgens mit Augen aufgestanden, die von Paspeln eingesäumt waren.«

Und dann kam bei Lederman wie bei den andern die Sauregurkenzeit. Und Lederman, der bis dahin die Mäntel fast unbesehen in die Geschäfte schickte, begann, die Kleider anzusehen, als suchte er Flöhe. »Das sind Modelle für die neue Saison«, sagte er, »und wenn die Modelle nicht gut fallen, ist die ganze Saison im Eimer.« Und um alle Schneider zu behalten, die für ihn arbeiteten, teilte er die neuen Modelle unter ihnen auf.

Viermal war Léon schon wegen einer einzigen Jacke bei

ihm gewesen. Und von den vier Malen hatte ihm Lederman zweimal das Kleidungsstück zur Änderung zurückgegeben. Das erste Mal wegen eines Futters, das spannte, das zweite Mal wegen eines Ärmels, der zu weit vorn angesetzt war. Aber das stimmte nicht, versicherte uns Léon. Er hatte, auf den Rat von Monsieur Albert hin, sich nicht streiten wollen und war zu Hause nur noch einmal mit dem Eisen darübergegangen. »Sehen Sie«, hatte Lederman jedesmal triumphierend gesagt, »jetzt fällt es gut.«

Dieses Mal, vor etwas mehr als acht Tagen, lieferte Léon eine Glencheck-Jacke, so wie diejenigen, über die wir uns hier wegen der anzupassenden Karos ständig ärgern, und im Treppenhaus hatte er einen alten Schneidermeister getroffen, der traurig mit einem schwarzen Perkalinkleidersack auf der Schulter fortging.

Er hat den alten Schneider fragend angesehen.

»Das ist das zweite Mal, daß ich damit wieder weggehe«, hat der Alte geantwortet.

»Aber Sie stehen doch im Ruf, Finger aus Gold zu haben«, hat Léon verwundert gefragt.

»Ich habe vielleicht Finger aus Gold, aber er ist es, der die Arbeit vergibt.«

Als Léon durch Ledermans Türe trat, war er bereits ebenso erregt wie dieser. Es zweimal hintereinander zu wagen, dem alten Vilner ein Kleidungsstück zurückzugeben, nur weil er höher auf der Leiter stand, empörte ihn.

Er hat den Kleidersack auf den Annahmetisch gelegt und in aller Ruhe, aber mit leicht zitternden Händen, die Sicherheitsnadeln gelöst. Wortlos hat Lederman die Jacke genommen, hat sie über den Stockman gehängt und sofort – die Ärmel baumelten noch – verkündet: »Sie fällt nicht gut!«

An diesem Punkt der Geschichte wurde Léon so aufgeregt

wie bei Lederman, und wir haben fast aufgehört zu arbeiten, um der Fortsetzung zuzuhören, außer Madame Paulette, die Léon nicht mag, weil er keine Gelegenheit ausläßt, ihr zu sagen, sie habe unrecht, wenn sie unrecht hat.

»Sie fällt nicht gut? Sie fällt nicht gut?« hat Léon geschrien, »Sie werden sehen, ob sie nicht gut fällt!« Und im selben Moment hat er die Jacke von der Schneiderpuppe gerissen.

Und als er uns das hier in der Schneiderei erzählt, bei Monsieur Albert, nimmt Léon ebenfalls die Jacke, die er gerade gebügelt hat, und durchquert die Schneiderei in großen Schritten, er läuft an Madame Paulette vorüber, die erschreckt den Kopf hebt, geht direkten Weges zum Fenster, öffnet es weit und, hopp!, tut so, als werfe er die Jacke hinaus.

»Und ich habe die Jacke in die Rue du Faubourg-Poissonnière geworfen« hat Léon, plötzlich ganz beruhigt, weitererzählt, »aus der dritten Etage des Hauses Lederman, Konfektionswaren für Damen.«

Und da habe ich, weil Léon gut erzählt, gesehen, daß Monsieur Albert besorgt war, denn er hat wirklich geglaubt, daß Léon die Jacke, die er in der Hand hielt, loslassen würde, auch wenn die Schneiderei hier nur im ersten Stock ist und die Fenster auf den Hof hinausgehen.

»Und dann?« hat Monsieur Albert gefragt.

Léon hat die Jacke wieder über die Schneiderpuppe gehängt und ganz versonnen gelächelt, als ob er alles wieder vor sich sähe. Und er hat uns erzählt, daß, während das Modell ganz langsam fiel, weil die Ärmel sich mit Luft füllten, es aussah, als würde Lederman schreiend nach zwei Seiten gleichzeitig rennen. Und bei allem, was er schrie, verstand man nur: »Mein Modell! Mein Modell!« Worauf Léon antwortete: »Es fällt gut, es fällt sehr gut.«

Und Lederman hat zunächst einen Sprung zum Fenster

gemacht, wie um zu sehen, ob es wahr sei, was Léon sagte, und ist dann ins Treppenhaus gestürzt. Und während er immer vier Stufen auf einmal nehmend hinunterrannte und immer noch »Mein Modell! Mein Modell!« schrie, hat sich Léon aus dem Fenster gelehnt, und in dem Moment sieht er den alten Vilner, der gerade den Kopf hebt wegen des Geschreis. Und der alte Vilner ist völlig überrascht, weil er in seinem Leben schon viele Dinge aus den Fenstern hat fliegen sehen, aber noch nie eine Glencheck-Jacke.

Natürlich macht man so etwas nicht, und Léon hätte, wütend wie er war, Lederman gründlich die Meinung sagen können. Aber sicherlich hatte Léon gedacht, daß Lederman diese Meinung schon kannte, aber vielleicht noch nicht die Gelegenheit hatte zu sehen, wie ein Kleidungsstück wirklich gut fällt.

»Hören Sie, Monsieur Lederman«, hätte Léon sagen können, »ich bin lange genug in dem Metier, um zu wissen, was eine Saueregurkenzeit ist. Es hat sie gegeben, bevor Sie auf die Welt gekommen sind, und es wird sie noch geben, wenn mein Sohn alt genug ist, zu arbeiten, mit der Einschränkung, daß er niemals Schneider werden wird. Und eben damit er niemals Schneider wird, habe ich Tag und Nacht gearbeitet und mir die Augen verdorben. Wenn es also keine Arbeit gibt, dann sagen Sie mir offen, daß es keine Arbeit gibt, auch wenn es Ihnen das Herz zerreißt, wenn Sie mich mit leerem Kleidersack gehen sehen und mich für ein paar Tage ohne Arbeit lassen. Aber wir sind nicht mehr im Krieg, Monsieur Lederman« – und hier hätte Léon die Stimme erheben können –, »ich habe es verdient, mit meiner Frau und meinem Sohn auf den Boulevards spazierenzugehen. Also lassen Sie mich nicht mehr nähen und wieder auftrennen, nur um mich für die Hauptsaison zu behalten!«

Und das hätte Lederman die Gelegenheit gegeben, vom Krieg zu reden, und sie hätten vielleicht das Thema gewechselt. Aber Léon hatte es vorgezogen, die Sache zu verkürzen: »Sie fällt nicht gut? Hopp! Aus dem Fenster. Jetzt fällt sie gut!«

Trotz allem hätte ich mir das gern angesehen. Gesehen, wie Lederman schreit: »Mein Modell!« Ihn sehen, wie er die Treppe hinunterrennt, und gleichzeitig durchs Fenster die Jacke sehen, die gut fällt, und auch Monsieur Vilner, der einen Glencheck-Vogel im Himmel über der Rue du Faubourg-Poissonnière fliegen sieht.

Das war's. So endet die Geschichte von Léon und Lederman, nur daß einige Zeit später Monsieur Albert nach einer Lieferung in die Schneiderei zurückgekommen ist und Léon eine Frage gestellt hat. Bei Wasserman hatte er gerade ein paar Schneider getroffen, die auch für Lederman arbeiteten, und die genügend von der Geschichte mit der »Jacke-die-gut-fällt« erfahren hatten, um sie selbst zu erzählen. Aber was niemand in Erfahrung bringen konnte und was Lederman selbst nicht verstanden hatte, war, was Léon gesagt hatte, kurz bevor er die Türe hinter sich zuschlug.

»Nun, Léon«, sagte Monsieur Albert, »was haben Sie eigentlich zu Lederman gesagt?«

»Ich habe zu ihm gesagt«, sagte Léon und stellte in aller Ruhe sein Gasbügeleisen ab, um sich ein bißchen Zeit zu lassen, »ich habe zu ihm gesagt: ›Ich for awék, weil es woanders dufter ist!‹«

»Bonjour-Bonjour«

»Nur dank eines Schneiders in der Rue de Sèvres habe ich während der Besatzungszeit überlebt.« Monsieur Albert wandte sich Abramowicz zu, denn die Geschichte, die er erzählte, die kannten Charles und ich schon.

»Meine Frau war mit der Kleinen zusammen auf dem Land versteckt, wo man Raphaël und mich nicht aufgenommen hatte. Wir haben Raphaël unter einem falschen Namen in ein Internat gegeben, und mich hatte der Schneider in der Rue de Sèvres in einem Hausmädchenzimmer in dem Gebäude untergebracht, in dem er noch immer sein Geschäft hat. Es gab zu der Zeit keinen guten Stoff, selbst für die Leute aus dem Viertel nicht, und so kamen sie, um ihre Kleider umarbeiten zu lassen. Ein Mantel konnte eine Jacke werden, ein Herrenanzug wurde ein Kinderanzug oder eine Damenjacke, weil der Stoff von vor dem Krieg nicht so war wie jetzt, der konnte jahrelang halten. Ich hatte in der Maßschneiderei angefangen, zuerst in Polen und dann in Berlin, in einem großen Haus, und wenn ich ein Kleidungsstück aus den Händen gab, hätte niemand sagen können, ob es neu oder umgearbeitet war. Monsieur Dumaillet, der Schneider, machte die Anproben, und spät am Abend brachte er mir die Arbeit und was zu essen herauf. Wir hatten einen Code vereinbart, damit ich nicht jedem Beliebigen öffnen würde. Er klopfte dreimal, wartete eine Minute und sagte ein Losungswort, das jeden Abend wechselte: Kordel, Paspel, Hosenrock, Borte, Kunstseide, Knopfloch, Schulterstück, Kordonettseide, wir nutzten den ganzen Bestand des Metiers. Sobald ich Schritte auf der Treppe hörte, nahm ich meine Schneiderschere und versteckte mich hinter der Türe, um mein Leben zu verteidigen.«

Als Monsieur Albert an die Stelle mit seiner Lebensverteidigung kam, benahm er sich wie auf dem Theater. Er stellte sich hinter die Türe und hielt mit furchterregendem Gesicht seine große Schere über dem Kopf, um die Fortsetzung zu erzählen. Genau diesen Moment hat sich Madame Sarah ausgesucht, um in der Schneiderei aufzutauchen. Monsieur Albert, der jäh in seiner Geschichte unterbrochen wurde, verstummte und hielt weiterhin mit beiden Händen die Schere über dem Kopf.

Madame Sarah hat geguckt, wie sie häufig geguckt haben muß, und ist weggerannt, während sie geschrien hat »Gwald!«*, bevor wir überhaupt Zeit gehabt hätten, ihr zu sagen, daß sie nicht mitten in einen Pogrom geraten sei.

Das Gwald von Madame Sarah hatte Madame Léa so schnell aus ihrer Küche kommen lassen, daß sie hat sehen können, wie ihr Mann noch immer mit der Schere über seinem Kopf dastand.

»Das war ›Bonjour-Bonjour‹«, hat Monsieur Albert gesagt, wie um sich zu rechtfertigen.

»Was hat sie gemacht?«

»Sie hatte Angst, sie ist geflohen.«

»Hast du sie bedroht? Warum hast du sie bedroht?«

»Ich hab sie nicht bedroht, ich habe Maurice eine Geschichte erzählt. Sie hat nicht einmal ›Bonjour-Bonjour‹ gesagt, sie hat geschrien und ist geflohen. Das ist alles.«

»Du mit deinen Geschichten! Mußt du jetzt, um deine Geschichten zu erzählen, Madame Sarah angst machen?«

Trotz des Dampfs und der Entfernung habe ich an der Gesichtsfarbe von Monsieur Albert gesehen, daß er eingeschnappt war, weil wenn es eine Sache gibt, die er nicht ertragen kann, dann wenn Madame Léa sich vor uns über ihn aufregt.

Was Monsieur Albert noch weniger erträglich fand, war, daß Madame Léa sich diesmal in dem Moment über ihn aufregte, als er gerade gut dastand, und man durfte gespannt sein, ob er noch einmal die Gelegenheit fand, die Fortsetzung zu erzählen. So blieb ihm nichts anderes übrig, als hinter seinen Zuschneidetisch zurückzukehren und sich seinerseits aufzuregen, bevor er ein Bündel Futter zu Ende vorzeichnete.

»Sie kommt wieder, sie kommt wieder! Willst du ihr hinterherlaufen? Geh, lauf ihr hinterher! Sie braucht uns. Glaubst du, daß sie viele Dummköpfe wie uns findet, die ihr ihre miese Seife abkaufen?«

Die Ankunft von Jacqueline und Madame Andrée hat Madame Léa daran gehindert, zu antworten. Man hat den Blick, den sie ihrem Mann zugeworfen hat, nur erraten, und sie hat die Schneiderei verlassen, während ich den Fertigmacherinnen ein Zeichen machte, sie sollten mich nicht mehr so fragend ansehen.

Madame Sarah, die ungefähr ein Meter fünfzig groß sein dürfte, ist sicherlich die schnellste und flinkste Dame ihres Alters, der ich je begegnet bin, auch wenn ich niemanden kenne, der in der Lage wäre, ihr Alter anzugeben.

Jeden Monat kommt sie in der Schneiderei vorbei, um uns Seife und Kerzen zu verkaufen, und wenn wir sie mit ihrem kleinen Koffer mit den abgestoßenen Ecken kommen sehen, in den sie ihre Ware hineinzwängt, und sie uns mit ihren grauen Augen ansieht und ihren ebenfalls etwas grauen Haaren, die sie ungeschickt unter einem Tuch verbirgt, das sie sommers wie winters trägt, kann man sich fragen, ob der Krieg wirklich vorbei ist.

Man kennt sie im ganzen Viertel der Rue de Turenne, das

heißt in der Rue de Turenne und all den Straßen, die auf sie
stoßen und in denen man den lieben langen Tag die Nähmaschinen surren hört.

Vor dem Krieg war ihr Mann der Schammes* einer kleinen Synagoge in der Rue des Rosiers. Im Juli 1942 übte er
dieses Amt noch immer aus und hatte es sich in den Kopf gesetzt, die Synagoge jeden Morgen aufschließen zu wollen.

Madame Sarah flehte ihn an, seinen Kaftan abzulegen und
sich den Bart abnehmen zu lassen:

»Besser ein Jude ohne Bart als ein Bart ohne Juden!«

Er legte sein Schicksal nur in die Hand der göttlichen Ge-
richtsbarkeit, bis zu dem Morgen, als eine andere Gerichtsbar-
keit ihn mit dem Schlüssel zur Synagoge in der Tasche nach
Drancy* transportiert hat.

Anfangs kam Madame Sarah, abgesehen vom Teetrinken
mit Madame Léa in der Küche, nur wegen ihres Kerzen- und
Seifenhandels in die Schneiderei. Aber seit einiger Zeit übte
sie auch den traditionellen Beruf der Heiratsvermittlerin aus.
Während ihrer fortwährenden Besuche in den Schneidereien
des Viertels war sie einer gehörigen Menge Leute begegnet,
die frei waren wegen der Epidemie, die sich etwa zu der Zeit
ausgebreitet hatte, als die Juden gezwungen wurden, sich
einen gelben Stern auf die linke Seite zu nähen. Aber im allgemeinen hofften und warteten die freien Leute noch, und
Madame Sarah, die beschlossen hatte, sich deren Glück zu
widmen, wartete ebenfalls.

Die Liste der zu verheiratenden Leute bewahrte Madame
Sarah in der Innentasche ihres Koffers auf. Dort befanden sich
zwei Umschläge, die beide mit einem Gummiband um-
wickelt waren. Der erste enthielt ein paar Blätter, auf denen
man einen Namen und einige Angaben wie Alter und Beruf
lesen konnte. Das waren die Namen derjenigen, die dachten,

daß das Leben einfacher für sie würde, wenn sie verheiratet wären, deshalb war auf manche dieser Blätter auch ein kleines Photo geklebt. In dem anderen Umschlag befand sich eine lange Liste von Namen, auf der ich eines Tages, als ich gefragt hatte, ob ich einen Blick darauf werfen dürfe, zu meiner Überraschung die Namen von Charles und Maurice entdeckte.

Ich verstand, daß auf dieser Liste nur Namen auftauchten, für die Madame Sarah Zukunftspläne hatte. Ich wollte etwas Einfaches sagen:

»Ihre Liste mit den zu verheiratenden Leuten riecht nach Seife, Madame Sarah.« Was übrigens stimmte.

»Sie würden vielleicht die Zeit vorziehen, in der die Seife nach den zu verheiratenden Leuten roch, Monsieur Léon?«

Dieses Mal habe ich keine Antwort gewußt, denn alle in der Schneiderei werden Ihnen sagen, daß niemand, nicht einmal ich, es jemals gewagt hat, einen Witz über Seife zu machen. Ich habe ihr die Liste mit den Heiratskandidaten zurückgegeben und mich wieder ans Bügeln gemacht.

Unter uns nannten wir Madame Sarah »Bonjour-Bonjour«, weil »Bonjour« ungefähr das einzige Wort war, das sie auf französisch sagen konnte. Sie sagte es beim Betreten der Schneiderei regelmäßig zweimal, daher ihr Spitzname, und der Rest erfolgte auf jiddisch. Allerdings verstand sie Französisch, denn Madame Andrée, die gutmütig war, aber nur Französisch sprach, kaufte ihr ihre Seife ab, die doch weder billiger noch besser war als woanders.

Eines Tages, nachdem sie mit Madame Léa ihren Tee getrunken hatte, fühlte sie sich gut genug, um Abramowicz von jungen Mädchen aus hervorragenden Familien zu erzählen, die, wie sie sagte, »noch niemanden sich haben nähern lassen«.

Wenn Madame Sarah von einem jungen Mädchen sagte,

daß es »schon jemanden sich hat nähern lassen«, dann hieß das aus ihrem Munde, daß es bereits vom Kopf bis zu den Füßen geliebt worden war.

Aber Madame Sarah, die nicht einmal mehr Geschmack daran fand, Zucker in ihren Tee zu tun, war für die Art Kundschaft, von der sie Maurice erzählte, nicht sehr geeignet. Mit einem Wort, das war nicht ihre Spezialität. Man mischt sich nicht in die Haute Couture, wenn man bereits Konfektionsware macht, und wie ich bereits gesagt habe, mit ihrem Schal und ihren grauen Augen brauchte Madame Sarah gar nicht vom Krieg zu reden, um davon zu reden.

Ein andermal hat Madame Sarah schweigend ein paar Blätter auf die Maschine von Charles gelegt und regungslos abgewartet.

»Nehmen Sie Ihre Blätter wieder an sich, Madame Sarah«, hat Charles gesagt und weder auf die Blätter noch auf Madame Sarah gesehen.

»Sehen Sie sich wenigstens die Photos an«, hat Madame Sarah, noch immer regungslos, gesagt. »Machen Sie wenigstens das für mich.«

Charles hat aufgehört zu nähen. »Muß man jetzt Ihretwegen heiraten? Das ist neu. Madame Sarah«, Charles war sehr ruhig, »wenn Sie die Leute verheiraten wollen, dann ist das eine Sache, und wenn Sie Ihren Lebensunterhalt verdienen müssen, ist das eine andere Sache, aber bringen Sie nicht beides durcheinander. Eins, Sie machen eine Mizwe,* dann ist es gut. Zwei, das bringt Ihnen Geld, und das ist dann etwas anderes. Man tauscht Glück nicht gegen Geld, Madame Sarah. Das Geld ist extra, das gibt es zusätzlich.«

Ich habe mir gedacht, daß Charles Rabbiner hätte sein können. Trotzdem muß Madame Sarah ihm nicht richtig zugehört haben, oder sie muß überzeugt gewesen sein, daß sich

in ihren Blättern die Perle befand, die Charles sich nicht entgehen lassen sollte, denn sie hat nicht lockergelassen.

Da ist Charles lauter geworden. Nicht lauter als ich oder
Monsieur Albert, wenn wir laut reden, aber da es von Charles
kam, hat es plötzlich wie Geschrei geklungen.

»Madame Sarah, reden Sie mir nie mehr von heiraten, verstehen Sie mich, Madame Sarah?« Und er hat noch lauter geredet: »Niemals mehr von heiraten!«

In diesem Augenblick muß Madame Sarah verstanden
haben, was Charles zuerst gesagt hat, denn sie hat die Blätter
wieder an sich genommen und hat sie wortlos wieder sorgfältig in den Umschlag getan und das Gummiband darumge-
wickelt und hat sie langsam an ihren gewohnten Platz in dem
kleinen braunen Koffer gesteckt. Man hat sie schnüffeln
hören, und während sie ihr Taschentuch in der Manteltasche
suchte, hat Charles mit einem Stück Futter seine Brille geputzt, und man brauchte nicht genau hinzusehen, um zu erkennen, daß er mehr auf der Innenseite putzte als auf der
Außenseite.

An dem Tag hat Madame Sarah die Schneiderei verlassen,
ohne jemandes Glück gemacht zu haben. Ebenso wie an dem
Tag, an dem ihr das »Bonjour-Bonjour« im Halse stecken geblieben ist und sich in »Gwald!« verwandelt hat.

Gedenken

Es gibt etwas, was eine Mutter sagen darf, und das ist, wenn sie stolz auf ihr Kind ist. Wenn Sie wüßten, wie gut Raphaël zeichnet. Man kann sogar sagen, es lohnt sich, von weit her zu kommen, um seine Zeichnungen anzusehen. Vor allem die in Farbe. Deshalb habe ich es nicht ertragen können, daß er sich seine Finger im Wandschrank seines Zimmers so schlimm hat quetschen lassen, und habe ihn und Betty geohrfeigt, die mit aller Kraft die Türe zudrückte, weil er, wie er mir sagte, »seine Widerstandskraft gegen den Schmerz beweisen« wollte. Welche Mutter könnte es ertragen, ihr Kind leiden zu sehen, selbst wenn es kein Künstler ist wie mein Raphaël? Das gibt es nicht.

Letzte Woche ist das alles passiert. Am Sonntag hatte in der Mutualité* anläßlich des Jahrestages der Befreiung des Lagers Auschwitz eine große Veranstaltung stattgefunden. Eine Abordnung von Kindern von Deportierten war von dem Schloß gekommen, in dem Raphaël und Betty während der Ferien waren, und Raphaël hatte mich gefragt, ob sein Freund Georges, der zu der Abordnung gehörte, bei uns schlafen könne.

Wir hatten alles vorbereitet. Georges sollte im Bett von Betty schlafen, und Betty sollte in unserm Bett bei Albert und mir schlafen.

Am Samstag hat Raphaël Georges an der Gare Saint-Lazare abgeholt, und sie sind genau zum Nachmittagskaffee hier angekommen. Ich habe versucht, alles ganz normal zu machen, wegen der Dinge, die uns Raphaël im Sommer in seinen Briefen geschrieben hat, aber als ich gesehen habe, daß Georges nicht wußte, ob er mir die Hand schütteln oder mich umarmen sollte, drückte es mir wie ein Stein auf das Herz, und ich habe mich gefragt, was ist das für eine Welt, wo ein Kind nicht einmal eine Mutter hat, die es umarmen kann.

Betty trank ihren Kakao, und zwei Schalen warteten auf Raphaël und Georges. Während sie sich die Hände wuschen, habe ich die Milch heiß gemacht, und dann habe ich Marmeladenbrote geschmiert.

Raphaël hat sich hingesetzt, und da Georges stehen blieb, hat er ihn aufgefordert, sich auch zu setzen.

»Ich will keine Marmelade«, hat Georges leise gesagt und ist stehen geblieben.

»Willst du dich nicht hinsetzen?« habe ich ihn gefragt und den Kakao eingeschenkt.

Georges hat Raphaël verzweifelt angesehen.

»Er will keine Marmelade«, hat Betty gesagt und weitergegessen.

Da habe ich darauf beharrt.

»Sie ist sehr gut, weißt du. Es ist Erdbeermarmelade, wir haben sie vom Land mitgebracht.«

»Nein, nein, ich will nicht«, hat Georges sehr schnell geantwortet und hat die Rückenlehne seines Stuhles mit beiden Händen krampfhaft festgehalten.

Alle drei haben wir Georges angesehen, ihm schien übel zu sein.

Was sollte ich machen? Ich habe das Marmeladenglas vom Tisch genommen und die Kinder in der Küche allein gelassen.

Abends hat Albert zum Schlafen seine Pyjamahose angezogen, weil Betty zwischen ihm und mir in unserm großen Bett schlief. Ich habe Betty fest in meine Arme genommen, so wie sie ihren Plüschbären in den Armen hielt, der schon seit dem Morgen im Bett lag, damit er sich daran gewöhne.

35

Natürlich konnte ich nicht schlafen, und mir sind ganz langsam die Tränen in die Augen gestiegen, weil Betty sich an meine Brust drückte, wie während der Jahre, wo wir getrennt waren. Ich fühlte mich wohl, und doch dachte ich an die Jungen in ihrem Zimmer.

Ich habe bis zum Anfang der Woche gewartet, damit Raphaël mir erzählt.

Er hat damit angefangen zu erzählen, daß Georges ihn im Dunkeln gefragt hat, ob er schlafe, genau wie Betty es jeden Abend macht, weil sie Angst hat, als letzte einzuschlafen.

Hier was Raphaël weiter erzählt hat:

»Natürlich habe ich nicht geschlafen, denn wir hatten zu viele Sachen zu erzählen, um zu schlafen, auch wenn wir noch nichts gesagt und bereits seit gut zehn Minuten das Licht ausgemacht hatten.

Vorher hatten wir ein bißchen gelesen, und ich kam mir vor wie in der Ferienkolonie, nur daß Georges da rechts von mir schlief. Er hat sich sehr über die Kinozeitschriften von vor dem Krieg gefreut, die Onkel Isidore mir für ihn gegeben hatte.

Nachdem ich geantwortet hatte, hat Georges noch ein bißchen im Dunkeln abgewartet. Und dann hat er angefangen zu erzählen. Ich habe ihn zum ersten Mal so lange reden hören. Es war eine Geschichte aus dem Krieg. Eine Geschichte, die ihm passiert ist:

›Ich wohnte mit meinen Eltern in der Rue Julien-Lacroix, im Viertel Belleville. Ich erinnere mich an zwei Zimmer… In dem ersten, dem größeren, aßen wir und wuschen wir uns, meine Mutter kochte, und ich machte meine Hausaufgaben. In dem anderen Zimmer schliefen wir. Es gab ein großes Bett für meine Eltern und ein Gitterbett für mich, das langsam zu klein wurde. Vielleicht bin ich deshalb manchmal morgens zu ihnen ins Bett gekrochen... Aber meistens waren sie schon aufgestanden... Meine Mutter nähte zu Hause, weil in dem großen Zimmer auch eine Nähmaschine stand, aber mein Vater arbeitete nicht zu Hause... Eines Tages ist mein Vater mit einem großen Marmeladenglas nach Hause gekommen. Er freute sich und wollte, daß wir sie noch am selben Abend essen. Aber meine Mutter wollte nicht. Sie sagte, das sei Luxus, und es sei besser, auf schlechtere Tage zu warten, und daß man dann mehr davon hätte... Mein Vater sagte, daß die Tage so schon schlecht genug seien, aber meine Mutter hat meinen Vater als Leckermaul beschimpft und hat die Marmelade in einen großen Schrank gestellt, der an der Wand befestigt war und wo im allgemeinen die Vorräte hineinkamen...

Eines Morgens sehr früh, das war 1942, klopfte es sehr laut an der Türe: Das war die Polizei. Ich lag noch im Bett... Mein Vater hat mich mit einem Satz in die Arme genommen und hat mich ganz schnell in den Schrank gesteckt und mir gesagt: ›Du bewegst dich nicht, du sagst nichts!‹ Ich hatte ihn noch nie so gesehen. Er war leichenblaß. Er hat die Schranktüre wieder verschlossen, aber eine kleine Öffnung gelassen, damit ich atmen konnte. Da hindurch habe ich alles gesehen... Ich habe drei Polizisten hereinkommen sehen, sie redeten davon, meine Eltern mitzunehmen... Mein Vater hat einen Koffer unter dem Kleiderschrank hervorgezogen, und sie haben Sachen hineingepackt. Ich habe meine Mutter nicht gut gesehen, es war, als ob mein Vater sich zwischen sie und mich stellte, damit sie mich nicht sehen konnte. Aber ich habe nicht gewagt, mich zu bewegen, weil ich Angst hatte, und auch wegen des strengen Tons meines Vaters. Ich war neun Jahre alt und war nicht dick, und es war leicht für mich, mich nicht zu bewegen, trotzdem wußte ich nicht, was ich mehr fürchtete: versteckt zu bleiben oder entdeckt zu

37

werden... Als sie gingen, trug einer der Polizisten den Koffer. Meine Mutter weinte, und mein Vater hielt sie am Arm...

Nachdem sie weg waren, bin ich, glaube ich, noch lange in dem Schrank geblieben, ohne mich herauszuwagen. Ich weinte lautlos. Und dann habe ich neben mir das Glas Marmelade gesehen, das mein Vater eines Abends mitgebracht hatte, da habe ich es geöffnet und habe mit den Fingern den ganzen Topf leer gegessen, ohne den Schrank zu verlassen... Lange Zeit danach, aber ich weiß nicht mehr wie lange, bin ich aus dem Schrank geklettert und habe mich angezogen. Ich wußte nicht, was ich zu Hause tun sollte, daher bin ich auf die Straße gegangen, und fast sofort habe ich alles erbrochen. Da hat mich eine Frau, die mich kannte, zu sich nach Hause genommen und sich um mich gekümmert...«

An dieser Stelle hat Raphaël mit der Geschichte aufgehört, weil Georges sicherlich an dieser Stelle zu reden aufgehört hat. Ich weiß nur, daß Raphaël Georges am nächsten Tag das Lycée Charlemagne gezeigt hat, das Gymnasium, das er besucht, und daß sie am Nachmittag wie vorgesehen zur Mutualité zu der Gedenkveranstaltung gegangen sind. Da sie danach direkt zum Bahnhof gehen mußten, hat Georges sein Gepäck und die Hefte von Isy mitgenommen. Betty hat ihn zum Abschied umarmt, und so habe ich ihn auch umarmen können, und ich habe ihm gesagt, daß er wiederkommen könne, wann er wolle, daß es immer ein Bett für ihn gebe. Aber weiß man bei dem, was man sagt, was richtig ist?

Nachdem er Georges an den Bahnhof gebracht hat, hat Raphaël dann Betty gebeten, ihm ganz fest die Finger im Wandschrank einzuquetschen. Aber erst jetzt habe ich verstanden, daß er das Bedürfnis hatte, ebenso zu leiden wie Georges, der sein bester Freund geworden war. Und daß das, was er teilen mußte, auch ein wenig Schmerz war.

Welche Mutter hätte stolzer auf ihren Sohn sein können? Und trotzdem, genau in diesem Moment habe ich Raphaël geohrfeigt. Und Betty noch obendrein.

Dann habe ich Raphaël an mich gezogen, und trotz seiner dreizehn Jahre habe ich ihn auf meinen Schoß genommen, und weil einem, wenn man bedrückt ist, immer die Worte fehlen, habe ich seinen Kopf an mich gedrückt und ihn umarmt, ohne etwas zu sagen. Erst in diesem Moment hat Raphaël angefangen zu weinen.

Und weil seine Augen bereits eine Woche lang voll mit Tränen waren, sind wir beide lange so sitzen geblieben, wie zu der Zeit, als er noch ein kleines Kind war.

Brief von Georges

Lieber Raphaël,

ich will Dir bereits seit mehreren Tagen schreiben, um Dir für die Sammlung *Le Film complet* zu danken, die du mir geschenkt hast, als ich in Paris war. Fast jeden Abend lese ich darin, und manchmal lese ich bestimmte Stellen auch noch mal. Einen Film vor allem mag ich sehr, und ich erinnere mich, daß ich ihn mit meinen Eltern im Kino »Cocorico« am Boulevard de Belleville gesehen habe. Es ist *L'Enfer des Anges* mit Louise Carletti. Am Anfang des Films sagt sie: »Ich heiße Lucette und bin vierzehn Jahre alt«, und am Ende stirbt sie, indem sie sich in die Seine stürzt. Sie trug eine Pelerine und war aus einer Jugendstrafanstalt geflohen. In *Le Film complet* sprechen sie von Fresnes, aber ich glaube, Fresnes ist eher ein Gefängnis.

Ich erinnere mich auch, daß ich am Abend in meinem Bett leise geweint habe, weil ich, wie ich Dir schon gesagt habe, im selben Zimmer wie meine Eltern schlief.

Ich wollte Dir auch etwas sagen, was ich zum ersten Mal sage. Du wirst sehen, es ist ein bißchen blöd, aber jetzt ist es vorbei. Ich habe an dem Abend damals geweint, aber nicht, weil der Film traurig war (ich wußte sehr gut, daß das Kino ist), sondern weil ich mich in Louise Carletti verliebt hatte, und da ich neun Jahre alt war, war ich verzweifelt, weil mir klar wurde, daß ich sie wegen des Altersunterschieds niemals heiraten könnte.

Du verstehst, wie sehr ich mich gefreut habe, als Du mir die Illustrierten geschenkt hast, denn seitdem habe ich sehr häufig an sie gedacht, bis gestern abend, als Mireille, eine neue Betreuerin, in unser Zimmer gekommen ist, um uns gute Nacht zu sagen. Sie hat in den Illustrierten geblättert und hat mir erklärt, daß viele Schauspieler während des Kriegs mit den Deutschen kollaboriert haben. Ich habe sie nach ein paar Beispielen gefragt, weil ich mich nicht getraut habe, sie direkt nach Louise Carletti zu fragen, und sie hat mir Tino Rossi, Sacha Guitry, Maurice Chevalier, Le Vigan, Pierre Fresnay genannt... Da ich ein Photo von Louise Carletti vor mir hatte (das auf der Rückseite von *Clodoche* mit Jules Berry und Pierre Larquey), habe ich ihr die Frage stellen können, und sie hat mir geantwortet, sie glaube es auch von ihr.

Bevor ich eingeschlafen bin, habe ich mir lange das Photo von Louise Carletti angesehen. Mir ist klar geworden, daß es nun vorbei ist. Ich bin nicht mehr verliebt. Sonst hätte ich, glaube ich, nie gewagt, es Dir zu schreiben.

Merkwürdigerweise macht mich das ein bißchen traurig, nicht wegen dem, was Mireille gesagt hat, aber es ist, als ob ich es wäre, der nicht mehr geliebt wird. Ich werde die Photographie von Louise Carletti nicht aufhängen, wie ich es vorgehabt hatte.

Apropos Photographie, ich habe bei Dir Ausgaben von *Droit et Liberté** gesehen. Auf dem Heft der nächsten Woche soll eigentlich ein Photo vom Schloß sein, weil letzten Sonntag Marc Chagall hier war und uns besucht hat (das ist ein bekannter Maler). Man hat mehrere Photos gemacht, wo wir alle um ihn herum stehen. Er hat ein Bild hergeschenkt, das, glaube ich, der erste Preis bei einer Tombola sein wird, die zugunsten der Kinderheime veranstaltet wird.

Ich habe Dir von Mireille erzählt, einer neuen Betreuerin, ich mag sie sehr gern. Abends bleibt sie lange bei uns auf den Zimmern, um sich mit uns über alles mögliche zu unterhalten. Ich hoffe, daß sie bleibt, denn das Problem mit den Betreuern ist, daß sie ein bißchen zu häufig wechseln.

Ich hoffe, wir haben bald Gelegenheit, uns wiederzusehen, vielleicht bei der Tombola.

Bis dahin einen sehr freundschaftlichen Handschlag

Georges

Das Leben erzählt mir eine Geschichte

Warum hat Madame Andrée eingewilligt, mit mir auszugehen heute abend? Weil sie allein lebt? Aber an den anderen Tagen lebt sie auch allein. Ja, aber an den anderen Tagen habe ich sie nicht eingeladen. Warum hätte ich sie auch einladen sollen? Kann sich ein verheirateter Mann und Familienvater erlauben, eine andere Frau als die eigene ins Restaurant einzuladen? Nein, das macht man nicht.

Léa ist schon vor zwei Tagen mit den Kindern nach Brüssel gefahren, um ihren Cousin zu besuchen. Dank sei Gott, er hat den Krieg überlebt und wir auch, und Brüssel ist nicht so weit entfernt, daß Cousin und Cousine sich nach so vielen Jahren der Trennung nicht umarmen könnten.

Gestern abend ist Madame Andrée etwas länger in der Schneiderei geblieben, und natürlich haben wir so über dies und das geredet, und wie sich eines aus dem anderen ergibt, wie man so sagt, habe ich mich plötzlich gehört, wie ich sie zum Abendessen ins Restaurant einlade. Sie hat ja gesagt, und dieses Ja war für mich die Überraschung des Tages. Es stimmt, daß man mit größerem Vergnügen zu Abend ißt, wenn man nicht ganz allein ist.

Madame Andrée hat sich dafür umgezogen. Sie hat sogar den Mantel angezogen, den Abramowicz für sie maßgeschneidert hat. Als sie sich auf den Stuhl mir gegenüber gesetzt hat, den ihr der Kellner anbot, und sie ihm zulächelte, habe ich bemerkt, daß sie Maria Montez ähnelt. In diesem Augenblick habe ich mir gesagt, daß ich etwas finden muß, worüber wir reden könnten, denn selbstverständlich sehe ich nicht so aus wie Jean-Pierre Aumont.

Gut, worüber kann man reden? Worüber redet man normalerweise? Von der Arbeit? Von der Familie? Wir werden doch nicht im Restaurant von der Arbeit reden. Wer interessiert sich außerhalb der Arbeit schon für die Arbeit? Von der Familie also? Sehr geschickt: Madame Andrée von Léa und den Kindern zu erzählen, gerade an dem Abend, an dem ich sie ins Restaurant einlade. Gut, also, worüber rede ich mit Léa? Na, gerade davon, von der Arbeit und der Familie. Inzwischen hat Madame Andrée die Speisekarte gelesen, gleich bestellen wir, und dann muß ich doch irgend etwas zu sagen finden, bevor sie mich für einen Dummkopf hält. Was mag sie von mir denken? In der Schneiderei bin ich Monsieur Albert, ich gebe ihr Arbeit, und sie, sie wendet die Stücke, heftet die Futter ein und staffiert sie, ich bezahle pünktlich jede Woche, und so ist es in einer Saison wie der anderen. So ist es in der Schneiderei, aber hier im Restaurant? Wenn wir doch nur schon bedient worden wären, dann könnten wir wenigstens essen.

Anna Karenina! Ja, ich bin sicher, daß in *Anna Karenina* genügend Dinge passieren, um einen ganzen Abend ein Gespräch aufrechtzuerhalten. Nur sitze ich bereits im Restaurant, Madame Andrée mir gegenüber, und ich werde ihr gerade sagen: »Entschuldigen Sie, Madame Andrée, wenn Sie gestatten, kommen wir in einer Woche wieder, genau die Zeit, *Anna Karenina* zu lesen, und ich garantiere Ihnen ein sehr interessantes Gespräch.« Ich würde voll und ganz den Eindruck eines Dummkopfs erwecken.

Gut, aber da wir nicht hierhergekommen sind, um uns nur guten Tag, gute Nacht und bis morgen zu sagen, richte ich die Augen auf sie, genau in dem Moment, in dem sie ihre senkt, was bei ihr eher normal ist, denn in der Schneiderei ist es im allgemeinen Jacqueline, die die Nase in die Luft streckt und eine Geschichte zu erzählen hat.

Während sie auf ihren Teller sieht, kann ich sie in aller Ruhe beobachten.

Vielleicht fühlt sie sich wohl so. Wer hat behauptet, daß wir unbedingt reden müssen? Wir sind ungestört, alles ist gut, es gibt weiße Tischtücher auf den Tischen, und wir haben jeder zwei Gläser.

Und dann habe ich, ganz plötzlich, noch einen anderen Anlaß, weiter zu schweigen, und dieser Anlaß bewirkt, daß ich in diesem Moment Anrecht auf eine Überraschung am Tag habe.

Man glaubt, das Leben zu kennen, und dann, eines Tages, erfährt man von der anderen Seite eines Restauranttisches mehr als aus der Zeitung.

Und Madame Andrée beginnt, mir von ihrer Schwester in Angers während des Krieges zu erzählen. Von ihrer Schwester, die zu dem Zeitpunkt siebzehn Jahre alt war. »Und natürlich«, sagt Madame Andrée, »ist man mit siebzehn noch ein Kind, man ist sich nicht immer im klaren darüber, was man macht.« Und sie erzählt, was ihre Schwester gemacht hat: ein Kind. Ein Kind mit einem deutschen Soldaten. »Verstehen Sie, Monsieur Albert, was wußte sie vom Krieg? Sie verstand nichts vom Krieg. Sie hat nicht einmal auf die Farbe der Uniform geachtet. Er war ihr erster Liebhaber. Sie wissen, was das heißt, sie haben sich auf dem Ball kennengelernt, und dann haben sie sich wieder getroffen. Sie haben gemeinsam die Liebe entdeckt. Er war ebenfalls ganz jung… achtzehn Jahre. Sie haben nicht an später gedacht. Und natürlich ist er, als die Amerikaner kamen, mit den anderen geflohen. Er hatte Angst… In seinem Alter ist das normal. Und meine Schwester war ganz allein mit einem winzigen Baby im Arm.«

Aber was erzählt Madame Andrée mir da? Was ist in sie gefahren? Ging es uns nicht gerade gut, ohne zu reden? Was ist das für ein Krieg, von dem sie redet? Habe ich nicht genug mit meinem Krieg gehabt? Muß man mir jetzt noch mit dem Krieg der andern kommen?

Aber die Geschichte ist noch nicht zu Ende. Es ist sogar erst der Anfang. Wir sind erst bei der Befreiung.

»Nach der Befreiung wurde meine Schwester kahlgeschoren, und man hat sie nackt mit anderen, die auch ganz nackt und kahlgeschoren waren, durch die Straßen getrieben. Und meine Mutter, die lief trotz des Geschreis der Leute mit einem Mantel hinterher, um ihre Tochter zu bedecken, während mein Vater stumm vor Kummer zu Hause saß und ich das Baby in meinen Armen hielt, weil ich Angst um das Kleine hatte. Das Baby des deutschen Soldaten. Mein Mann hat mir gesagt, er wolle so was nicht in seiner Familie, und hat mich verlassen. Wir haben uns scheiden lassen, und ich bin nach Paris gegangen. Zu Hause beginnt das Baby jetzt zu laufen, es ist ein kleines Mädchen... mein Vater ist stumm geblieben... er wäre beinahe vor Scham gestorben.«

Na und, ihr Vater ist nicht gestorben! Es gibt welche, die sind wirklich gestorben und nicht »beinahe gestorben«! Will Madame Andrée Namen von Toten haben? Wir können in der Schneiderei anfangen: die Frau und die Töchter von Charles zum Beispiel, und die ganze Familie von Maurice ebenfalls, von genau dem, der ihr den Mantel gemacht hat! Soll sie »Bonjour-Bonjour« bitten, ihren Koffer zu öffnen, da wird sie eine ganze Liste von Toten finden!

Aber natürlich sage ich Madame Andrée das alles nicht, denn ich sehe sehr gut die Tränen, die ihre Wangen entlanglaufen und die sie nicht einmal versucht abzuwischen, so schwierig ist es, die Worte auszusprechen. Und da denke ich, daß ich wirklich froh bin, nicht ein jüdisches Restaurant ausgesucht zu haben, denn sicherlich hätte ich dort einen Bekannten getroffen, der am nächsten Tag – man weiß ja nie – etwas in seiner Schneiderei zu erzählen gehabt hätte. Nur, warum hätte ich ein jüdisches Restaurant ausgesucht? Wer braucht ein jüdisches Restaurant, wenn er zu Hause alles hat?

Aber da habe ich angefangen zu verstehen, warum Madame Andrée mir die ganze Geschichte aus der Kriegszeit erzählt.

Ihre Schwester, ich habe bereits ihren Namen vergessen, hat ihr einen Brief geschrieben. Und was schreibt die kleine Schwester in dem Brief? Sie schreibt, es sei kein Leben, in einer Stadt wie Angers zu bleiben, wo alle Welt sie kennt, und daß sie gern nach Paris kommen würde, wo das Leben sicherlich angenehmer ist, wo sie aber außer ihrer großen Schwester niemanden kennt, um wie sie in einer Konfektionsschneiderei zu arbeiten, und daß sie sicher eine Schneiderei fände, in der man jemanden gebrauchen könnte, der beherzt ist und sich schnell an die Arbeit macht. Und Madame Andrée führt den Auftrag aus.

Und was für einen Auftrag! Ein Auftrag, der mich erwischt wie eine Sauregurkenzeit, die einen Monat zu früh kommt. Und plötzlich verstehe ich, warum ich wirklich ein Dummkopf bin, denn ich glaube, daß ich gleichzeitig verstehe, warum Madame Andrée gestern abend ja gesagt hat: »Monsieur Albert ist ein gutmütiger Trottel, ich habe eine Schwester, die ich unterbringen will, und genau da lädt er mich ins Restaurant ein, während seine Frau mit den Kindern in Brüssel ist. Andere hätten das ausgenutzt und eine Lohnerhöhung gefordert, aber ich bringe meine kleine Schwester bei ihm unter, die kahlgeschoren wurde.«

Aber was glauben die Schwestern? Die Haare sind wieder gewachsen und der Krieg ist vergessen? Man geht zum Friseur und läßt sich eine Wasserwelle legen, und das war's: »Tra la la lai, näh, Mädchen, näh«?

Ich hebe den Kopf, um ihr zu sagen, daß das unmöglich ist, daß ich das nicht kann, daß ich das niemals tun könnte, ohne daß die Scham über mich kommt. Daß ich das nie können werde, trotz der Zeit, die nicht stehen bleibt und die uns manchmal hilft zu vergessen. Aber wer vergißt?

Aber ich sage nichts. Ich sage nichts, weil Maria Montez noch immer die Augen voller Tränen und auch voller Unschuld hat. Und da habe ich das Bedürfnis, ihre Hände zu nehmen. Halt ein! Nimm deine Hand da weg! Bist du verrückt geworden? Ich sehe auf meine Hände: Sie haben sich nicht bewegt. Albert, kümmere dich besser um dein Fleisch. Wie ist das Fleisch? Wie ein Stück Fleisch. Und dann? Dann hat sich die Luft in meinen Lungen gestaut und hat die ganze Nahrung daran gehindert, ihren Weg fortzusetzen, und es war ein verdorbenes Abendessen.

Das war's. Man tut sein Bestes, um einen schönen, ruhigen Abend zu verbringen, weil ein Leben nicht hundert Jahre dauert, und aus Angers kommt ein Brief, und ausgerechnet mir teilt man die guten Nachrichten mit.

Gut, wir haben uns gute Nacht gewünscht und bis morgen, sie ist in ihre Richtung gegangen und ich in meine.

Auf der anderen Seite des Boulevards standen Leute auf dem Bürgersteig und hörten ein paar Musikern zu, die in einem Café ein Chanson von Pierre Dudan spielten. Um nach Hause zu gehen, bin ich durch die Rue Béranger gegangen, und habe, vielleicht weil ich mich schon besser fühlte, angefangen, vor mich hinzupfeifen.

Ich bin vor der Türe noch ein Weilchen stehen geblieben und habe überlegt, was ich auf der Straße gepfiffen habe. Als ich den Schlüssel ins Schloß steckte, ist das Treppenlicht ausgegangen, und gleichzeitig sind mir die Worte des Liedes eingefallen:

»Das Leben erzählt mir Geschichten
von Sünde, von Liebe und Strafe.
Und manchmal erzählt mir das Leben
eine Geschichte ganz ohne Schluß.«[*]

Ich habe das Licht wieder angemacht und bin ins Haus gegangen.

Am nächsten Tag ist Léa mit den Kindern und belgischer Schokolade wiedergekommen. Abends im Bett hat sie von ihrer Reise erzählt. Sie hat von denen gesprochen, die fehlten, von denen, die übriggeblieben sind, und ein bißchen später waren wir wieder so zusammen wie nach der Befreiung, nachdem wir zu lange getrennt waren.

»Pst! Pst! Léon spielt Theater«

»Nicht atmen, nicht atmen... Sie müssen wissen, es ist ernst... Ihr Herz ist...«

Léon hatte ein Ohr an die Brust der Schneiderpuppe gelegt, die mitten in der Schneiderei stand, damit man sie besser sah, und verschwand schnell hinter ihr. Nur sein Kopf ragte hinter dem letzten Modell von Wasserman hervor, das er gerade gebügelt hatte.

»Wollen Sie damit sagen, das sei ein jüdisches Herz?«

»Ja, man kann es so nennen, wie Sie sagen: ein jüdisches Herz.« (Léon hatte seinen Platz wieder eingenommen, das Ohr wieder auf dem Herzen der Schneiderpuppe.) »So wie Sie mich hier sehen, habe ich auch ein krankes Herz...«

Léon hatte sich wieder aufgerichtet und die Puppe auf seine eigene Brust gelegt, aber nicht lange, weil er sich antworten mußte:

»Sie auch? Was wollen Sie... ein jüdisches Herz galoppiert manchmal wie ein Pferd, und manchmal schleppt es sich nur langsam voran. Trotz allem kann ich Ihnen sagen, daß es ein Herz aus Eisen ist, denn das, was dieses Herz alles erlebt hat...«

»Und haben Sie sich nicht gepflegt? ... Haben Sie nichts getan?«

»Wie, ›nichts getan‹? Wenn Sie wüßten, wie viele Ärzte ich aufgesucht habe. Alle beteuern, das beste Heilmittel für mein Herz sei Ruhe! Ruhe, Herr Doktor! Ich brauche Ruhe! Keine Aufregung, keine Sorgen, nur Ruhe. Aber geh zu einem Arzt und bitte ihn um eine Behandlung, um Ruhe in dieser Welt zu bekommen!«

Léon war Schauspieler am PYAT*. Immer, wenn er in einem neuen Stück spielte, konnte man sicher sein, daß er es am nächsten Tag in der Schneiderei noch einmal spielen würde.

Es ist schon lange her, daß Léon zum ersten Mal auf einer Bühne gestanden hatte.

1931, da war er zehn Jahre alt, war Léon nach Paris gekommen, um seinen großen Bruder zu finden. Aber von seinem Bruder kannte er nur den Namen. Seine Mutter, die in Przytyk in Polen geblieben war, hatte ihm nur ein paar in einen Koffer gestopfte Sachen mitgegeben. Als er die Gare de l'Est verlassen hatte, war er unwillkürlich den Boulevard Magenta in Richtung Place de la République entlanggegangen. Er hatte nach rechts und links gesehen, und plötzlich war er auf der Höhe der Rue de Lancry auf ein Plakat gestoßen, das eine Vorstellung des Jiddischen Theaters ankündigte. Dort hat er sich auf seinen Koffer gesetzt und gewartet, und mit der ersten Person, die stehen geblieben ist, um das Plakat zu lesen, hat er ein Gespräch angefangen. Mit dem Koffer auf dem Boden und seiner großen Mütze hat Léon keine große Überraschung hervorgerufen, als er Jiddisch geredet hat. Fünf Minuten später war er am Sitz des Jüdischen Kulturbundes, der sich gerade in der Rue de Lancry 10 befand, und so geschah es, daß er gleichzeitig die Adresse seines Bruders erfahren und die Bekanntschaft mit dem Jiddischen Theater gemacht hat, das bereits von Kinman geleitet wurde, demjenigen, der *La Réforme* geschrieben hat, das Stück, in dem Léon gestern abend spielte.

Léon hatte zwei Idole: Maurice Schwartz und Raimu.

Maurice Schwartz war 1938 mit seiner Truppe vom Jiddischen Theater von New York nach Paris gekommen. Wochenlang hatte man von der Aufführung gesprochen. Noch heute stellte Léon sein Bügeleisen ab, um von Maurice Schwartz in *Tewje, der Milchmann* zu erzählen.

»An einer Stelle des Stückes«, erklärte Léon, »begleitet der alte Tewje eine seiner Töchter, Hodel, zum Bahnhof. Er begleitet sie, weil sie zu ihrem Verlobten aufbricht, der vom Zaren nach Sibirien deportiert worden ist. Am Bahnhof schließt Tewje seine Tochter in die Arme und küßt sie. Und als er sie küßt, weiß man, daß er seine kleine Hodel zum letzten Mal sieht. Und plötzlich hat sich Maurice Schwartz, der die Rolle des Tewje spielte, zum Publikum gedreht und den berühmten Satz gesagt:

›Wißt Ihr was, Reb Scholem Alejchem? Wollen wir doch besser von etwas Lustigerem reden: Was gibt's Neues vom Krieg?‹

Na, und glaubt ihr, Maurice Schwartz hat geweint? Nein, wir haben geweint! Überall im Théâtre de la Porte Saint-Martin hörte man die Leute sich schneuzen. Das ist Theater! Außer Raimu gibt es keinen Schauspieler, der dazu fähig wäre.«

»Raimu ist kein großer Schauspieler«, hat Madame Paulette gesagt.

Léon, der gerade wieder sein Bügeleisen genommen hatte, hat es sofort wieder hingestellt.

»Wissen Sie denn überhaupt etwas von Raimu? Haben Sie Raimu schon mal gesehen? *La Femme du boulanger?* Haben Sie ihn in *La Femme du boulanger* gesehen?«

»Ja, ich habe das Stück gesehen.«

»Madame Paulette«, hat Léon geantwortet, »zum hundertsten Mal: Im Kino sieht man keine Stücke, man sieht Filme. Jedes Mal reden Sie von Stücken! Stücke sieht man im Theater, nicht im Kino. Übrigens sagt man: Ein THEATERstück, man sagt nicht ein Kinostück. Im Theater befinden sich die

Schauspieler auf einer Bühne, und wenn es erlaubt wäre, dann könnte man aufstehen und sie anfassen. Und warum kann man die Schauspieler im Kino nicht anfassen, Madame Paulette? Weil im Kino ein Projektor am Ende des Saales steht, der die Bilder auf eine weiße Leinwand wirft, und wenn wir je das Bedürfnis hätten, aufzustehen, um die Schauspieler anzufassen, dann ist das nicht nur ebensowenig erlaubt, sondern alles, was wir unter den Fingern hätten, wäre Leinwand. Nur, wissen Sie, warum das Kino gut ist? Wegen der Erinnerung. Wenn ein Schauspieler stirbt, bleiben seine Filme. Und unsere Kinder und die Kinder unserer Kinder können noch erfahren, daß Raimu der größte Schauspieler ist, indem sie sich *La Femme du boulanger* ansehen.

»Mit seinem Akzent kann Raimu kein guter Schauspieler sein«, hat Madame Paulette noch gesagt.

»Madame Paulette«, hat Léon noch geantwortet, »sage ich Ihnen, daß Sie mit Ihrem Akzent keine gute Fertigmacherin sein können? Werden Sie nicht böse, ich habe es nicht gesagt. Ich habe es nicht gesagt, weil das nichts miteinander zu tun hat. Aber mit Raimu hat das allerdings etwas zu tun. Das hat mit ihm zu tun, weil sein Akzent glaubwürdig ist, und ein Schauspieler, der nicht glaubwürdig ist, der kann auf den Händen laufen oder an die Decke klettern, soviel er will, er wird niemals ein großer Schauspieler. Was soll ich Ihnen sagen, wenn Sie nicht ins Kino gehen, um *La Femme du boulanger* anzusehen, was ein FILM ist, dann ist das nicht schlimm, niemand wird es Raimu weitererzählen. Wenn Sie ein Stück sehen wollen, ein richtiges Stück, dann gehen Sie ins Theater. Dort wird zu Beginn dreimal geklopft, der Vorhang geht auf, und die Vorstellung beginnt. Jedenfalls… im Prinzip.«

Léon hatte gesagt »im Prinzip«, weil seine Erfahrung als Schauspieler des Jiddischen Theaters ihn neben allem anderen gelehrt hatte, daß weder das dreimalige Klopfen noch der Vorhang, der aufgeht, ja noch nicht einmal die ersten gesprochenen Sätze eine Garantie dafür sind, daß das Stück wirklich angefangen hat, weil trotz der ersten Sätze die Leute im Saal natürlich mit ihren Gesprächen fortfahren, und wenn jemand – ich meine ein Fremder – in diesem Augenblick in das Theater käme, könnte er denken, daß es natürlich Zuschauer gibt, die denen, die kein Jiddisch verstehen, erklären müssen, was auf der Bühne geschieht, oder weil es über das Bühnenbild oder die Kostüme etwas zu sagen gibt. Aber wenn der Fremde Jiddisch verstehen würde, verstünde er schnell, daß das, worüber gesprochen wird, im allgemeinen wenig mit dem zu tun hat, was in dem Stück passiert, und zwar so wenig, daß man sich fragen kann, warum die Aufführung auf der Bühne unbedingt anfangen will, wo doch die im Zuschauerraum noch nicht zu Ende ist. Weshalb Léon sagt, daß die wirkliche Konkurrenz für das Jiddische Theater nicht die anderen Theater sind, sondern das Publikum.

Am schlimmsten ist aber, wenn einige anfangen, »Pst! Pst!« zu machen – das sind im allgemeinen die Familien der Schauspieler. Die Unterhaltungen, die dann beginnen, nehmen ein solches Ausmaß an, daß die Schauspieler gezwungen sind, mit dem Spielen aufzuhören, und erst nach einigen: »Wir leben in Freiheit! Der Krieg ist vorbei! Ich habe meinen Platz bezahlt!« oder auch: »Mein Sohn war in der Résistance!« kann die Aufführung wirklich anfangen.

Eines Tages, es war bei der ersten Aufführung nach der Befreiung, hielt sich ein Schauspieler für sehr schlau. Er hat in die Hände geklatscht, hat sich dem Publikum zugewandt und in der Hoffnung, es zum Schweigen zu bringen, ihm zugerufen: »Jiden! Abí me sejt sich!«* Er hatte recht: Abí me sejt sich! Es stimmte, die Juden waren vor allem gekommen, um sich wiederzusehen. Der ganze Saal hat applaudiert, und alle haben angefangen zu reden und in den Sitzreihen umherzulaufen, so glücklich waren sie, sich zu sehen.

Da es außerdem noch eine Pause gab, mußten diejenigen, die nicht im Viertel wohnten, an jenem Abend ein Taxi nehmen, um nach Hause zu kommen.

Léon hat einmal gesagt: »Das Kino ist der Traum, und das Theater das menschliche Sein.« Wir haben ihn angesehen, weil wir in der Schneiderei nicht häufig Dinge hören, die man normalerweise in Büchern geschrieben sieht. Aber das hat uns zu denken gegeben. Beim Kino hatte er recht. Allein mit Maria Montez, Simone Simon oder Danielle Darrieux konnte man jahrelang träumen. Beim Theater war es schwerer zu verstehen. Das menschliche Sein im Theater? Es stimmt, daß man immer Leute findet, die Geld dafür ausgeben, daß sie Schauspieler Tragödien auf einer Bühne spielen sehen. Angeblich soll das schon bei den Griechen so gewesen sein.

Dann frage ich mich aber: Warum ist der Ort, an dem Léon seinen Lebensunterhalt verdient, hinter dem Bügeltisch? Weil er am PYAT nicht besser bezahlt wird, als wenn er in der Schneiderei den Schauspieler spielt. Jüdischer Schauspieler, ist das ein Beruf, wenn die Sauregurkenzeit im Jiddischen Theater so viel länger ist als bei den Konfektionären? Wer wird das Jiddische Theater nach ein paar Vorstellungen füllen?

Vielleicht hat Léon vom Zuschauerraum sprechen wollen, als er gesagt hat, das Theater sei das menschliche Sein.

Eine Frage des gesunden Menschenverstands

»Na, Léon«, hat mich Monsieur Albert gefragt, »wann ist der Briss?«

»Der Doktor sagt in etwa zwei Wochen...«

»Der Briss?« hat Jacqueline gefragt, »Was ist ein Briss?«

Ich habe ihr erklärt, weil sie immer alles wissen will, daß das die Beschneidung ist und daß sie traditionellerweise acht Tage nach der Geburt des Kindes erfolgt.

»Und wenn es ein Mädchen ist?«

»Wenn es ein Mädchen ist, dann hindert mich das nicht daran, Masl-tów* zu sagen und mit einem Kuchen und einer Flasche Sliwowitz in die Schneiderei zu kommen.«

»Dann sind alle Juden beschnitten?« fragte Jacqueline weiter, die mehr wissen wollte.

»Das hängt von den Eltern ab, aber im allgemeinen ja, man kann sagen, daß alle jüdischen Jungen beschnitten sind.«

»Aber das tut doch weh!«

»Also daran kann ich mich nicht erinnern. Aber wissen Sie, Jacqueline, das ist der größte Schmerz, den ich einem Kind wünsche. Wenn ein Kind hinfällt oder wenn es sich schneidet und blutet, dann legt man ihm einen Verband an, man gibt ihm ein Bonbon, und es hört auf zu weinen. Hier ist es genauso: Man legt ihm einen Verband an, die Mutter gibt ihm ihre Milch, und es hört auch auf zu weinen.«

»Aber wer macht das?« hat Madame Andrée gefragt.

»Heute wird das mehr und mehr im Krankenhaus gemacht, aber in den meisten Fällen ist es noch ein Mohel, das heißt, jemand, der ein bißchen Rabbiner ist, aber vor allem ein Spezialist für Beschneidung.«

»Und während des Krieges, wie war das da?« hat Madame Andrée weitergefragt.

»Im allgemeinen, das weiß ich nicht. Aber bei meinem Sohn ist es gutgegangen. Der Mohel ist zu der Nachbarin gekommen, die uns aufgenommen hatte, weil Sammy am 10. Juli 42 geboren worden ist, das heißt sechs Tage vor der Razzia des Vélodrome d'Hiver.* Die Beschneidung hat zehn Tage später stattgefunden, weil es für einen Juden gefährlich war, in Paris umherzulaufen, vor allem für den Mohel, der einen Bart trug, den man noch aus viel größerer Entfernung sah als einen auf die Kleidung genähten gelben Stern.«

»Ja, aber waren Sie denn verrrrückt, oder was?« Jacqueline regte sich plötzlich über mich auf. »Wenn man doch die jüdischen Jungen scheinbar daran erkennt, was zwingt Sie dazu, sie zu beschneiden? Ich weiß nicht… Das ist… das war Selbstmord… Ich verstehe das nicht.«

»Eben deshalb«, habe ich gesagt, »gerade weil man nicht wußte, was mit einem werden würde, mußte er sehr schnell ein Jude werden.«

Ich hätte es gern besser erklärt, aber es war sehr kompliziert. Ich hätte erklären müssen, daß es ein bißchen wie eine Herausforderung war, daß es für mich das gleiche war, wie als ich ein wenig später mit der UJJ* in die Résistance eingetreten bin. Ich hätte erklären müssen, daß gerade weil Lebensgefahr bestand, der Mohel die Handlung vollziehen wollte, die aus einem Kind einen Juden macht. Und daß ich, gerade weil diese Gefahr bestand, wollte, daß das Leben von Sammy, so kurz es auch zu werden drohte, zunächst das Leben eines Juden wäre.

Aber all das habe ich, weil es kompliziert war, natürlich nicht gesagt. Ich habe nur gesagt:

»Wissen Sie, ich habe mich nie geschämt, Jude zu sein!«

57

Ich habe bemerkt, wie Monsieur Albert aufblickte, um zu sehen, ob ich dabei wirklich Madame Paulette beobachtete.

Er konnte sehen, daß ich sie beobachtete.

Danach war ein Moment Stille, bevor Madame Andrée mir die Frage nach der zusätzlichen Arbeit stellte, die Fanny mit einem weiteren Kind haben würde.

»Wir haben beschlossen, Sammy in die Vorschule zu schicken.«

»Weiß er das schon?« hat Charles gefragt, der doch sonst nie an den Diskussionen teilnahm.

»Natürlich weiß er es schon«, habe ich geantwortet. »Wir haben ihm erklärt, daß er jetzt groß ist und daß alle Kinder in seinem Alter bereits in die Vorschule gehen, und da er intelligent ist, hat er es sofort verstanden.«

»Groß! Sagt man einem Kind, daß es groß ist? Man sagt einem Kind nie, daß es groß ist! Ein Kind ist nie groß! Ein Kind ist ein Kind! Was hat die Intelligenz mit einem Kind zu tun, solange es noch nicht weiß, was Intelligenz ist? Es gibt eine Sache, die ein Kind weiß: Daß es nicht groß werden will, und daß sich sein Vater und seine Mutter um ihn kümmern und nur um ihn!«

»Aber Charles, man muß doch einem Kind Dinge beibringen wie Verantwortung. Ich, als ich vier war…«

»Als du vier warst, hattest du einen großen Bruder und große Schwestern« (es war das erste Mal, daß Charles du zu mir sagte), »ein Kind fühlt sich nicht verantwortlich, weil es nicht verantwortlich sein will! Es gibt nur einen Verantwortlichen, das sind sein Vater und seine Mutter. Ist dein Sohn sauber nachts, Léon? Ja? Das ist gut. Aber stell dich trotzdem darauf ein, ihm am Morgen die Bettwäsche zu wechseln. Was soll das heißen, ›groß‹? Jingele*, du wirst wie ein Großer in die Schule gehen, um wie ein Großer lesen zu lernen. Und du wirst dein Fleisch wie ein Großer ganz allein essen. Du wirst dir die Schnürsenkel zubinden wie ein Großer, und du wirst dir den Hintern abwischen wie ein Großer, und während du in der Schule bist, um intelligenter zu werden, wird deine kleine Schwester, die zu Hause bleibt, die ganze Milch von deiner Mama trinken, und deine Mama wird müde werden. Dann mußt du vernünftig sein, weil deine Mama sich nicht mehr um dich wird kümmern können... verstehst du... sich nicht mehr kümmern...«

Charles hatte mit einem Mal aufgehört zu reden. Man hätte meinen können, daß sich die Furchen in seinem Gesicht vertieft hätten. Wie zwei Wege, die gebahnt sind, um die Tränen fließen zu lassen. Aber Charles weinte nicht, er hatte sich nur wieder an die Arbeit gemacht.

Ich kenne nichts besseres als die Arbeit, um auf andere Gedanken zu kommen.

Darüber sind sich alle einig. Wie lautete die Inschrift über dem Eingang der Lager: »Arbeit macht frei«. In Frankreich sagt man, daß die Arbeit Gesundheit bedeutet, und was man im Jiddischen sagt, könnte man ungefähr übersetzen mit: »Die schwerste Arbeit ist, wenn es keine Arbeit gibt.«

Jedenfalls, wenn ich mich zufällig gefragt hätte, worüber ich heute abend mit Fanny reden könnte, dann hat mir Charles gerade ein gutes Gesprächsthema geliefert. Aber ich kann nicht behaupten, daß das gerade die Art von Gespräch ist, die ich gern mit Charles haben möchte.

Eines Tages trieb sich Betty mit einer Scheibe Brot ein Weilchen in der Schneiderei herum, wie sie es häufig nach der Schule macht, und da es direkt nach der Ferienkolonie war, hatte Jacqueline sie gebeten, ein Lied aus der Kolonie zu singen. Natürlich hatte man den Kindern in der CCE* nicht bei-

gebracht, die Lieder von Tino Rossi zu singen, und so hat
Betty ein jiddisches Lied gesungen:

»Es hot di klejne Tsipele
Farbissn sich a lipele
– Tsipele, woss wejnstu?
An apele, doss mejnstu?
– Nejn, nejn nejn,
Wer sogt doss, as ich wejn?« *

Betty hatte sich zum Singen auf die Maschine ihres Vaters gestützt, nicht weit weg von Charles, der genau wie Maurice
mit dem Nähen aufgehört hatte, um keinen Lärm zu machen.
Übrigens hatte die ganze Schneiderei, bis auf Madame Paulette natürlich, aufgehört zu arbeiten. Monsieur Albert versuchte, die Umrisse eines Kleidungsstücks auf ein Bündel
Stoffe zu übertragen, aber das machte er vor allem, um seine
Hände zu beschäftigen, und es reichte, sie zittern zu sehen,
um zu wissen, daß das kleine Mädelchen, das da sang, sein
Augenstern war.

Am Ende des Liedes hat Charles, wie er das häufig macht,
seine Brille geputzt, dann hat er seine Hand nach Betty ausgestreckt. Er streichelte – nein, er streichelte nicht – er berührte
nur mit den Fingerspitzen den blonden Zopf, der auf Bettys
Schulter lag. In dem Moment ist das Gesicht von Madame
Andrée so weiß geworden wie der Schnee in Polen. Da habe
ich applaudiert. Ich habe applaudiert, weil es das Beste war,
was man machen konnte. Die andern haben auch applaudiert,
weil es das Beste war, was man machen konnte. Jacqueline
hat gefragt, was die Worte bedeuteten, und da Betty es nicht
wußte, habe ich übersetzt. »Das ist hübsch«, hat Jacqueline
gesagt, und sie hat Betty geküßt.

Natürlich ist das hübsch. Außer den Liedern von Renée

Lebas kenne ich nichts, was so schön ist wie ein jiddisches Lied. Es ist schön, und häufig ist es traurig, oder vielleicht ist es sogar schön, weil es traurig ist.

Sobald im Jiddischen Theater auf der Bühne angefangen wird zu singen, weinen die Leute im Saal. Nicht nur wegen des Textes, wie man glauben könnte, obwohl es ein ganzes Repertoire trauriger Lieder auf jiddisch gibt, nein, kaum sind die ersten Worte gesungen, kommen schon die Taschentücher aus den Handtaschen. Gut, ich werde nicht anfangen, das zu erklären.

Man kann sagen, daß eine Schneiderei auch ein bißchen wie ein Theater ist, mit dem Unterschied, daß wir in der Schneiderei alle auf der Bühne sind, daß jeder von uns immer dieselbe Rolle in demselben Stück spielt, und daß wir keine Proben brauchen, um es zu spielen.

Im Jiddischen Theater spiele ich nur in *Le Gros Lot** von Scholem Alejchem auch in einer Schneiderei, doch bin ich da nicht Bügler wie hier, ich spiele die Rolle des Motel, eines der beiden Lehrlinge. Schon vor dem Krieg habe ich Motel gespielt, aber da wir keinen jungen Burschen gefunden haben, der gut genug Jiddisch spricht, um auf der Bühne zu stehen, habe ich die Rolle wieder übernommen. Aber das hat nichts zu bedeuten, weil man die Worte, die Scholem Alejchem schreibt, nur noch sprechen muß.

Betty hat, nachdem sie von Jacqueline geküßt worden war, ganz selbstverständlich die Runde durch die Schneiderei gemacht, um ihre Wangen hinzustrecken.

»Gut, mach jetzt deine Hausaufgaben«, hat Monsieur Albert gesagt, und er hat sie ein bißchen schnell in Richtung Küche geschubst, weil in der Schneiderei eine große Stille herrschte. Aber keine Stille, wie sie manchmal nach einer großen Auseinandersetzung herrscht, und auch keine Stille, wie sie in der Hauptsaison herrscht, wenn man nur wegen der Arbeit schweigt. Nein, es war einfach nur eine Stille, wie sie jetzt manchmal in den Konfektionsschneidereien herrscht.

Diesen Moment hätte Isy, der Trödler, der Bruder von Madame Léa, wählen sollen, um hereinzukommen. Jedesmal hört man schon hinter der Tür: »Hör zu! Hör zu!«, und während er hereinkommt, erzählt er uns die letzte Geschichte von Roger Nicolas,* bevor er überhaupt guten Tag sagt. Aber heute konnte man nicht mit ihm rechnen, denn im allgemeinen kommt er vormittags, um in den Höfen zu schnorren, wie Monsieur Albert sagt.

Ich wartete darauf, daß Jacqueline etwas sagt, weil sie häufig heikle Situationen gerettet hat, indem sie von diesem oder jenem anfing. Jetzt begnügte sie sich damit zu summen. So habe ich mir gesagt, daß, wenn Jacqueline nichts zu sagen wußte, um den Lauf unserer Gedanken zu ändern, sie sich vielleicht fragte, ob es eine gute Idee von ihr gewesen sei, Betty zum Singen aufzufordern. Dann habe ich erkannt, daß sie *La Romance de Paris* von Charles Trenet summte, und habe zu pfeifen begonnen. Zunächst ganz leise und dann deutlicher, damit man mich hört, und auch Jacqueline hat angefangen, deutlicher zu singen, denn schließlich ist, neben der Arbeit, Singen das Beste, was man tun kann, wenn die Worte zu schwierig auszusprechen sind.

Um auf die Diskussion vom Anfang zurückzukommen – ich meine die Diskussion über die Beschneidung –, so habe ich einen Augenblick lang geglaubt, Jacqueline habe noch eine Frage, weil ich sah, daß ihre Hand von Zeit zu Zeit zwischen zwei Stichen innehielt. Aber es war Madame Andrée, von der die Frage kam:

»Monsieur Léon, warum wollten Sie mitten im Krieg ein Kind haben?«

»Warum wir wollten? Haben wir wirklich gewollt? … Sie wissen sehr gut, Madame Andrée, um keine Kinder zu bekommen, ist es im allgemeinen noch immer die beste Methode, getrennte Schlafzimmer zu haben. Eine Zeitlang hatten Fanny und ich sogar ›getrennte Städte‹, aber das war schon nach der Geburt des Kleinen, und das verringerte zwangsläufig das Risiko. Ansonsten ist das eine Frage des gesunden Menschenverstandes.«

»Des gesunden Menschenverstandes«, wiederholte Jacqueline erstaunt, »was hat das mit dem gesunden Menschenverstand zu tun?«

»Ich werde es Ihnen sagen, Jacqueline. Als Fanny schwanger wurde, war ihr Vater sehr erbost. Nicht, weil wir nicht verheiratet waren, sondern weil Juden bereits in die Lager von Pithiviers und Beaune-la-Rolande gebracht worden waren. Und auch nach Drancy. Trotzdem, ich erinnere mich, als wir es zusammen Fannys Eltern angekündigt haben, waren wir sehr stolz und hielten uns an den Händen wie auf den Plakaten, die man jetzt auf den Häuserwänden sieht. Ihr Vater hat zunächst nichts gesagt, weil er natürlich niemand ist, der es gewohnt wäre, von derlei Dingen zu sprechen. Und dann hat er angefangen, auf und ab zu gehen, und plötzlich ist er vor mir stehen geblieben und hat zu mir gesagt: ›Léon, ich bin mein ganzes Leben lang, um zur ›République‹ zu fahren, immer bei ›Oberkampf‹ ausgestiegen!‹* Das ist es, Jacqueline, in ›Oberkampf‹ aussteigen, das ist gesunder Menschenverstand.«

Die Zukunft unserer Kinder

Man lernt nie früh genug, intelligent zu werden.

Neulich ist ein Auslieferer mit einem großen Paket auf dem Rücken in den Hof gekommen. Ich habe ihn durchs Fenster von meinem Zuschneidetisch aus gesehen. Erst als er sein Paket auf dem Boden abstellte, sah man, daß sich ein Auslieferer darunter befand. Als er seine Mütze abnahm, habe ich geglaubt, das mache er, um sich die Stirn abzuwischen, aber er nahm von seinem Schädel, auf dem kein einziges Haar mehr war, ein Stück Papier. Es stand ein Name darauf: meiner. Ich habe es erfahren, weil er ein bißchen später an der Tür klingelte. Er brachte die Futter von Wasserman. Als ich sah, wie er sich das Kreuz verrenkte, um das Paket wieder aufzunehmen, habe ich gedacht, daß er sich meinen Namen nicht auf den Kopf sondern in den Kopf hätte schreiben sollen. Aber er hatte sicherlich falsche Falten im Kopf, die die Namen daran hinderten, sich ins Gedächtnis einzugraben. Und bei solchen falschen Falten hilft ja kein heißes Bügeleisen.

Von Joseph, der eine Zeitlang Léon am Bügeltisch ersetzt hatte, kann man nicht sagen, er habe falsche Falten im Kopf. Falsche Falten machte er genug, und zwar da, wo sie nicht sein sollen, das heißt auf Kleidern. Das ist der Grund, weshalb er als Bügler manchmal sogar in der Hauptsaison frei ist. Und wie ich immer gedacht habe, kann man nicht gleichzeitig studieren und in der Schneiderei sein.

Joseph kommt noch jede Woche zu uns. Er gibt Raphaël Stunden. Nicht weil Raphaël das wirklich nötig hätte, aber Léa und ich haben es, als Léon in die Schneiderei zurückgekommen ist, nicht übers Herz gebracht, Joseph ganz und gar zu entlassen, auch wenn wir ihm gleich gesagt hatten, daß die Stelle nur vorläufig sei.

»Bonjour-Bonjour« war es, die uns das erste Mal von ihm erzählt und gesagt hatte, daß er Abitur hätte. Aber erst als sie Léa gesagt hat, daß er der Sohn von Deportierten sei, haben wir ihn versuchsweise genommen. Wer braucht sonst einen Gelehrten hinter einem Bügeltisch? Denn von Joseph kann man wirklich sagen, daß er gelehrt ist.

Nur ein Beispiel: Einmal ist Madame Sarah, nachdem sie ein paar Stück Seife in der Schneiderei losgeworden war, wie gewöhnlich in die Küche gekommen, um Léa »Bonjour-Bonjour« zu sagen. Da es an dem Tag sehr heiß war, hatte Léa ihr an Stelle des üblichen Glases Tee ein Glas Bier angeboten. Sie hat ihr Glas auf einen Zug geleert, ohne abzusetzen, weil es, wie ich schon gesagt habe, sehr heiß war. Erst als sie ihr Glas auf den Tisch gestellt hat, hat sie, als ob sie sich für den Genuß schämte, auf jiddisch gesagt: »Wie Pisse!«

Vielleicht war das Bier nicht richtig kalt, aber es war nicht sehr nett, und seitdem bietet Léa ihr wieder nur noch Tee an.

Joseph hat das amüsiert, als wir es ihm erzählt haben. Und er hat erklärt:

»Ich glaube, daß Madame Sarah, seitdem ihr Mann deportiert wurde, ein für allemal entschieden hat, keine Freude mehr im Leben zu empfinden. Zu sagen, daß etwas gut ist, würde für sie bedeuten, daß sie den Gedanken akzeptiert, das Leben sei wieder normal geworden, mit Dingen, die gut sind, und anderen, die es weniger sind. Und dann gibt es vielleicht noch etwas anderes. Die Freuden, die Madame Sarah und ihr Mann empfanden, waren gemeinsam empfundene Freuden. Sicher hat sie nie etwas genossen, ohne es mit ihrem Mann zu teilen; und als sie sagte, daß das Bier schlecht schmeckte, war das weder aus Bosheit noch aus Heuchelei sich selbst gegenüber, auch wenn das Bier kalt war. Ich glaube nur, daß die Dinge für sie jetzt immer den Geschmack der Bitterkeit haben werden.«

Ich habe gleich gedacht, daß die Stunden, die Joseph Raphaël gibt, aus Raphaël keinen Dummkopf machen werden. Man kann sogar große Zukunftspläne für ihn schmieden. Und was können Eltern besseres tun, als Pläne für die Zukunft ihrer Kinder zu schmieden?

Léa sähe es gern, wenn Raphaël Künstler wird, aber ich bin nicht einverstanden. Nicht, daß Raphaël nicht gut zeichnen würde, ganz im Gegenteil. Schon mit elf Jahren hat er die Fabel *Der Fuchs und der Rabe* gemalt. Den Raben gab es zweimal: einmal auf einem Baum und den anderen in einem See, aber auf dem Kopf, denn das, was man im See sah, war das Spiegelbild. Wenn Sie den See gesehen hätten, den er gemalt hat, man hätte sich beinahe selbst darin erblicken können. Nein, ich bin deshalb nicht einverstanden, weil Künstler zu werden kein guter Plan für die Zukunft ist. Und zwar deshalb, weil, wenn man über einen Maler redet, der dann im allgemeinen schon tot ist. Und bevor er tot ist, verbringt er sein Leben mit Schnorren.

Letzte Woche ist Monsieur Schiffman, der, der uns für *Droit et Liberté* als Abonennten geworben hat und der auch die Sammlung für den Wohltätigkeitsbasar durchführt, in die Schneiderei gekommen, um Gemälde jüdischer Künstler zu verkaufen. Aber das Gespräch hat schlecht angefangen, weil er sofort losgelegt hat und gesagt hat, das sei eine sehr gute Anlage.

»Warum erzählen Sie mir von Anlage?« habe ich geantwortet. »Glauben Sie, daß ich nicht in der Lage bin, ein Gemälde nur deswegen zu kaufen, weil es mir gefällt?«

»Ich rede von Anlage, weil die Maler zu ihren Lebzeiten unglücklicherweise wenig verkaufen und nach ihrem Tod ihre Gemälde doch häufig ein wahres Vermögen wert sind.«

»Gut. Dann erklären Sie mir eine Sache, Monsieur Schiffman, warum machen die Maler nicht Gemälde, die sich zu ihren Lebzeiten verkaufen? Stelle ich etwa Kleider her, die sich erst nach meinem Tod verkaufen lassen?«

»Weil«, hat er mir geantwortet, »die Künstler im allgemeinen ihrer Zeit voraus sind und man das, was sie zur jeweiligen Zeit tun, nicht immer zu schätzen weiß.«

»Dann sagen Sie mir doch noch etwas: Wenn Ihre Künstler so intelligent sind, warum machen sie dann keine Gemälde im voraus, und dann und wann ein Gemälde für jetzt, das ihnen erlauben würde zu leben?«

»Ganz richtig, hier habe ich auch Gemälde, die für jetzt sind, wie Sie sagen.«

»Halten Sie mich für einen Dummkopf, Monsieur Schiffman? Gerade eben erzählen Sie mir von Gemälden, die eines Tages ein Vermögen kosten werden, und Sie wollen mir ein Gemälde andrehen, das keine Zukunft hat?«

Ich habe den Augenblick genutzt, in dem Monsieur Schiffman nach einer Antwort suchte, um ihn zu fragen, warum die Maler einen Vertreter bräuchten, der außerdem sicher keine Provision erhalten würde.

»Wenn ein Maler malt«, hat er geantwortet, »dann malt er. Er kümmert sich nicht um den Verkauf.«

»Und warum? Malt er auf Vorrat? Hat er niemanden, der ihn berät? Kann ein Künstler nicht rechnen? Wissen Sie, was Sie tun sollten, Monsieur Schiffman? Sie...«

»Ich weiß sehr gut, was ich zu tun habe, Monsieur Albert. Was glauben Sie? Daß ein Künstler unsere Ratschläge oder unser Mitleid braucht? Ein Künstler macht, was seine Aufgabe ist, und ein Volk wie das unsere hat zur Aufgabe, seine Künstler zu ermutigen. Sehen Sie sich diese Gemälde gut an, Monsieur Albert, sie sind signiert mit Szrajer, Kirszenbaum, Glatzer, Borvine-Frenkel, und sehen Sie, was sie erzählen: Sie erzählen von etwas, was Sie nicht mehr sehen werden. Und Sie werden es nicht mehr sehen, weil es nicht mehr existiert. Und wenn Ihre Kinder eines Tages wissen wollen, wie das jüdische Leben in Polen beschaffen war, dann werden sie es vielleicht von Ihnen erfahren, wenn Sie noch Lust haben, darüber zu reden. Aber sie werden es stärker noch erfahren dank der Künstler, die es mit ihrem Talent verstehen, uns von der Vergangenheit zu erzählen. Ich bitte Sie nicht darum, einen Picasso zu kaufen, nicht nur, weil Sie nicht die nötigen Mittel dazu hätten ...«

»Warum? Ist Picasso teuer?«

»Genau kann ich es nicht sagen. Vielleicht ... zehn Millionen.«

»Zehn Millionen?«

Ich habe mich sofort gefragt, da die Maler auch pro Stück bezahlt werden, wie viele Gemälde Picasso pro Monat malen könnte.

Natürlich habe ich schließlich ein Gemälde gekauft. Vorher hatte mir Monsieur Schiffman auch erklärt, daß ich eines im Austausch gegen einen Anzug haben könnte. Aber ich habe nicht gewollt. Ich habe nicht nur deshalb nicht gewollt, weil ich in der Hauptsaison nie die Zeit habe, Herren-Maßschneiderei zu machen, sondern auch, weil mir das unangenehm war. Ich habe es vorgezogen zu bezahlen, und ich habe ein Gemälde von Borvine-Frenkel ausgesucht. Es stellt einen Juden dar, der im Schnee rennt, mit einem Kontrabaß auf dem Rücken, wie ein zu schnell groß gewordenes Kind. Im Hintergrund ist ein Dorf, aber er kehrt ihm den Rücken zu.

Für zweihundert Francs mehr bin ich auch Mitglied des Vereins »Freunde der jüdischen Künstler« geworden, obwohl ich bereits verärgert war. Ich war verärgert, weil ich bereits von Anfang an gewußt hatte, daß ich ein Gemälde kaufen würde, und außerdem mußte ich jetzt Léa erklären, daß ich ein gutes Geschäft gemacht hätte.

Aber Léa hat nichts gesagt. Sie hat sogar gesagt, daß das eine gute Vorlage für Raphaël abgeben würde, und wir haben das Gemälde im Eßzimmer aufgehängt. So daß ich, wäre ich auf die Idee gekommen, vergessen zu wollen, wie ein Schtetl aussieht, nun nicht mehr gekonnt hätte.

Raphaël hat das Gemälde noch nicht abgemalt. Léa glaubt, wenn er es macht, wird niemand sagen können, wer von wem abgemalt hat.

Am selben Abend, als wir das Gemälde aufgehängt haben, haben wir von der Zukunft der Kinder gesprochen. Von Raphaëls vor allem, weil er ein Junge ist. Ich habe Zeitung gelesen, obwohl Léa es nicht mag, wenn ich im Bett Zeitung lese, aber ich kann ohne die Neuigkeiten aus der Welt nicht einschlafen.

»Man muß dem Leben ins Gesicht sehen«, hat Léa gesagt. »Raphaël ist ein Künstler.«

»Man kann dem Leben mit einem guten Beruf in der Hand ins Gesicht sehen. Das ist nicht verboten.«

»Willst du, daß er Schneider wird wie du?«

»Bei dir ist es immer gleich Künstler oder Schneider!«

»Nein«, hat Léa geantwortet. »Was ich vor allem für meine Kinder will, ist, daß sie glücklich sind.«

»Genau darum geht es«, habe ich gesagt. »Damit die Kinder glücklich sind, brauchen sie einen guten Beruf. Vor allem ein Junge.«

Als wir das Licht ausgemacht haben, hatte Raphaël seinen Lebensunterhalt schon in so vielen Berufen verdient, daß ihm zwei Leben nicht ausgereicht hätten, um sie alle zu lernen.

»Ich glaube, es hat schon mal einen Maler gegeben, der Raphaël hieß«, hat Léa nach einem kurzen Schweigen plötzlich gesagt.

»Fängst du wieder an? Was weiß denn ich, und was ändert das?«

»Das ändert«, hat Léa gesagt, »daß ihm das Glück bringen kann, und um das zu wissen, können wir im Lexikon der Kinder nachsehen.«

Ich wußte, daß die Diskussion weder aufhören noch weitergehen konnte, wenn ich nicht in dem Lexikon nachsehen würde, so bin ich also aufgestanden. Ich habe bei den Kindern kein Licht gemacht, um sie nicht zu wecken, aber mit dem Flurlicht, das auf ihre Köpfe fiel, konnte ich sehen, daß weder Betty noch Raphaël sich Sorgen um ihre Zukunft machten.

Ich habe Bettys Fuß, der unter der Decke herausragte, zurückgeschoben, sie hat sich auf die andere Seite gedreht, und ich habe die Gelegenheit genutzt, ihr einen Kuß zu geben. Und ganz leise, um sie nicht zu wecken, und gleichzeitig laut genug, damit sie es hören konnte, habe ich ihr gesagt: »Schlof, mejdele.«

Ich habe gewartet, bis ihr Atem ebenso ruhig ging wie der von Raphaël, bevor ich das Lexikon geholt und in der Küche bei einem Glas Wasser darin nachgesehen habe.

»Dein Raphaël ist mit siebenunddreißig Jahren gestorben«, habe ich zu Léa gesagt, als ich wieder ins Bett ging. »Ein solches Glück kann im Lexikon bleiben. Da morgen früh nicht der letzte Termin ist, um es zu entscheiden, werden wir jetzt schlafen, wenn du erlaubst. So kannst du vielleicht normal träumen und nicht mehr Träume haben, die größer sind als die Nächte. Also, gute Nacht!«

Man kann nicht sagen, daß ich schnell eingeschlafen wäre, denn ich habe die Diskussion mit Léa fortgeführt, aber in meinem Kopf. Das sind die besten Diskussionen, weil man dann der einzige ist, der es weiß, wenn man unrecht hat. Natürlich wird man nach und nach ruhiger, und das ist dann der Augenblick, in dem man wirklich zu denken anfängt.

Woran kann man wirklich denken? An wen habe ich wirklich gedacht? An die Kinder natürlich, und an die Zukunft, die wir uns für sie erträumen… An Joseph, der sich ganz allein um seine Zukunft kümmert… An den jüdischen Musiker, der durch den Schnee rennt… Warum ist er ganz allein? Wo sind die andern? Die aus dem Dorf? Das Dorf… Wir schrieben nicht einmal Briefe. Gerade einmal zum Rosch-Haschone* und der Geburt der Kinder… Vielleicht werden die Kinder Fragen stellen, jetzt, wo das Gemälde im Eßzimmer hängt. Aber was können wir antworten? Wenn wir die Kerzen zur Jórzajt* anzünden, sehen sie zu und sagen nichts. Wir tun die Dinge, aber wir erklären nichts.

»Schläfst du?« habe ich Léa gefragt.

»Nein«, hat sie gesagt. »Und woran denkst du?«

»Ich denke daran, daß es spät ist«, habe ich geantwortet, »und daß die Arbeit bei Wasserman ausgerechnet morgen früh abgeliefert werden muß.«

»Danke, Herr Kommissar!«

Es gibt Wahrheiten, die man sich nicht immer verheimlichen kann.

Stellen wir uns vor, Sie wollen ein Glas Tee trinken und werfen es dabei auf dem Tisch um: Man wird Sie einfach nur für ungeschickt halten. Stellen wir uns jetzt dasselbe Glas Tee vor, nur werfen Sie es nicht mehr auf dem Tisch um, sondern schütten es sich über die Hose, und außerdem ist dieser Tee kochendheiß: Dann sind Sie ein Schlimásl.

Ich bin ein Schlimásl. Ich weiß es mit Bestimmtheit seit dem Tag, an dem ich einen Fuß in eine Schneiderei gesetzt habe. Um genauer zu sein, seit dem Tag, an dem ich einen Fuß in eine Schneiderei gesetzt habe, um dort zu arbeiten. Man hat mich sofort an die Maschine gesetzt – eine Singer 31 K 15 –, um aus mir einen Hilfsnäher zu machen. Der Hilfsnäher ist derjenige, der die Futter näht, den Rücken und die Ärmel zusammenheftet und den Unterkragen und die Patten an den Taschen vorbereitet. Der Näher selbst näht das Stück zusammen. Deshalb wird er übrigens nach Stücken bezahlt, während der Hilfsnäher nur einen Wochenlohn erhält.

Wenn man in einer Schneiderei das Arbeiten lernt, lernt man gleichzeitig auch, Zeit zu gewinnen. So heftet man beispielsweise, wenn man die Futter einnäht, zuerst alle Ärmel und dann alle Rücken zusammen und dann die Vorderseiten mit den Rückseiten. Und dann läßt man, immer noch aus dem Bestreben, Zeit zu gewinnen, und auch, weil es praktischer ist, jedes Ärmelpaar mit dem Nähfaden miteinander verbunden.

Am Montag nach meinem ersten Lohn glaubte ich, es sei

schlau, die Ärmelfutter an der elektrischen Hängelampe direkt über meiner Nähmaschine aufzuhängen, um weniger Bewegungen machen zu müssen. Als am späten Nachmittag das Licht in der Schneiderei angemacht wurde, habe ich nicht sofort gemerkt, daß die Beleuchtung nicht so hell war wie gewöhnlich, und ich habe ganz normal mit meiner Arbeit als Hilfsnäher weitergemacht.

Plötzlich ist die Schneiderei ganz hell geworden, ganz besonders über meinem Kopf. Ich habe nach oben gesehen, weil ich zunächst an einen Spannungswechsel geglaubt habe: Die Hitze der Lampe hatte sich auf den metallenen Lampenschirm übertragen und das Futter durchlöchert. Und durch die Löcher bahnte das Licht sich seinen Weg. Ich habe einen raschen Blick zum Chef geworfen: Die große Helligkeit, die jetzt die Schneiderei erleuchtete, schien ihn nicht erreicht zu haben. Er blieb einen Augenblick ohne Reaktion, dann sagte er nur traurig: »Joseph, s'is mir finster far di ojgn.«* Danach, als ich mich nicht mehr zu bewegen wagte, hat er mir ungefähr gesagt: »Was ist los? Man verbrennt die Futter und glaubt, die Arbeit sei beendet? Darin besteht das Lernen, Joseph. Das ist wie das Leben. Diese Dummheit machst du nicht noch mal. Aber zu meinem Unglück wirst Du andere machen.«

Er hatte recht.

Im allgemeinen säubert man am Ende der Woche seine Nähmaschine und vor allem die Teile um die Spule herum, denn dort setzt sich der Stoffstaub ab. Man hebt also den Kopf der Maschine an und stützt ihn auf eine Art Keil aus Holz direkt dahinter.

Warum war da kein Keil an dem Tag, an dem ich glaubte, es richtig zu machen, und den Kopf der Maschine angehoben habe, um ihn zu säubern? Ich habe nie Gelegenheit bekommen, es zu erfahren. Noch bevor ich irgend etwas hätte ma-

73

chen können, um ihn festzuhalten, ist der Kopf der Maschine, von seinem Gewicht gezogen, auf die andere Seite gekippt und auf das Parkett gefallen.

Mein Chef ist auch diesmal zunächst stumm geblieben. Aber länger als das erste Mal, denn eine 31 K 15 ist nicht so leicht zu ersetzen wie ein paar Ärmelfutter.

Auch da wagte ich nicht mehr, mich zu bewegen, und ich fragte mich, wer als erstes einen Schwächeanfall erleiden würde: er oder ich. Als ich den Eindruck hatte, er wolle schließlich etwas sagen, klopfte es heftig an der Tür.

»Das ist der Antisemit von unten«, hat mein Chef gesagt.

So hatte er den Nachbarn von unten genannt, weil er ihn eines Tages hatte sagen hören, daß das Haus »früher« ruhiger gewesen sei.

Der Besuch des Antisemiten war mein Glück, denn auf ihn hat sich die Wut meines Chefs entladen.

Da die Zukunft darin liegt, pro Stück bezahlt zu werden, habe ich mich in der zweiten Schneiderei als richtiger Näher vorgestellt. Aber schon am ersten Abend hat mich der Chef, nachdem er einen Blick auf meine Arbeit geworfen hatte, beiseite genommen: »Gut«, hat er gesagt, »du heftest das Kleidungsstück zusammen, aber du läßt mich den Kragen und die Ärmel nähen.« Dann hat er meinen Lohn festgesetzt, und einige Wochen ist es so gegangen, wie wir ausgemacht hatten. Und dann ist der Tag gekommen, an dem Monsieur Zaidman, mein Chef, während er ein Stück über die Schneiderpuppe hängte und hustete, mir bloß gesagt hat: »Weißt du, Joseph, die Frauen knöpfen ihre Mäntel immer auf derselben Seite. Auch in der Hauptsaison.«

Um das besser zu verstehen, bin ich zu dem Mantel auf der Schneiderpuppe gegangen, um ihn mir anzusehen: Ich hatte die drei gepaspelten Knopflöcher auf der falschen Seite gemacht.

»Kann man das stopfen lassen?« habe ich gefragt.

Er hat mich angesehen, ohne zu antworten. Ich habe die
Zeit genutzt, um festzustellen, daß meine Dummheiten, die
normalerweise hätten Wutausbrüche auslösen müssen, meine
Chefs im allgemeinen eher still ließen. Nicht, daß sie nach
Sätzen gerungen hätten: Sie schwiegen einfach nur.

Deshalb, wegen des Schweigens von Monsieur Zaidman,
habe ich die Diskussion nicht fortgesetzt. Und dennoch, es
schien mir doch, als hätte ich die Knopflöcher da gemacht,
wo sie markiert waren.

Ich bin zum Lieferanten gegangen, einen anderen Stoffrest
zu holen, um die Vorderseite zu ersetzen, ohne den Grund
für meinen Irrtum zu verstehen. Die Antwort ist unverhofft
gekommen. Sie erfordert eine Erklärung.

Wenn der Zuschneider ein Kleidungsstück zuschneidet,
markiert er mit Kreide die Stellen für Abnäher, Taschen und
Knopflöcher. Und wenn man ein Teil eines Kleidungsstückes
auf ein anderes legt, kommt es vor, daß sich die Kreide auf das
andere Teil überträgt. Unglücklicherweise habe ich das erst an
dem Tag verstanden, als ich aus dem gleichen Grund eine Tasche in einem Rückenteil gemacht habe.

Natürlich hat man die Situation aus der Sicht von Monsieur Zaidman betrachten müssen, und da ich nicht immer auf
seine Geduld zählen konnte, habe ich mich entschieden, Bügler zu werden. So bin ich, dank Madame Sarah, eines Tages in
die Schneiderei von Monsieur Albert gekommen.

Was direkt danach kommt, bis zur Rückkehr von Léon,
das wissen Sie bereits. »Im Leben muß man die Augen offen-
halten«, hatte mir Monsieur Albert abends in seiner Küche
gesagt. Da habe ich im Kopf alle meine Schneidereien zusam-
mengezählt und habe, mit ihm einig, Léon seinen Platz überlassen.

Bei derselben Gelegenheit hatte ich auch etwas gelernt, dessen ich mir jetzt ganz sicher bin: Wenn die Sauregurkenzeit beginnt, dann bin ich immer der erste unter allen in der Damenkonfektion angestellten Schneidern, der davon erfährt.

Wenn ich all diese Geschichten erzählt habe, dann deshalb, weil sie einer anderen Geschichte vorausgehen, die ich vor allem erzählen möchte. Eine Geschichte, die, auch wenn sie überhaupt nicht den Anschein erweckt, in irgendeinem Zusammenhang mit den vorausgegangenen Geschichten zu stehen, ihnen dennoch sehr nahe ist. Nun, hier ist sie.

Am Anfang steht zunächst ein Gelübde, ein Wunsch. Oder, genauer, ein Wille, der, glaube ich, einer Entscheidung entspricht: der meiner Eltern, die sich, als sie Polen verließen, entschieden haben, in Frankreich zu leben. Dieser Wille steht am Anfang der Schritte, die mich in die Rue du Mont-Cenis, ins Polizeikommissariat des 18. Arrondissements von Paris geführt haben (das für meinen Wohnsitz zuständige), um jetzt, da der Krieg beendet ist, die französische Staatsbürgerschaft zu beantragen. Eine Staatsbürgerschaft, die es meinen Eltern vielleicht erlaubt hätte, am 16. Juli 1942 der Polizei von Vichy zu entgehen.

Nur, da sagt mir der Kommissar, der bereits jener Polizei angehörte, nachdem ich meinen Antrag auf Einbürgerung ausgefüllt habe, folgendes:

»Sie können gewiß sein, daß ich alles nur Mögliche tun werde, damit Ihrem Antrag nicht stattgegeben wird.«

Wir leben im Jahr 1946, und der Polizeikommissar des 18. Arrondissements, genau derjenige, der meine Eltern in der Rue Marcadet verhaftet hat, sagt mir: »Sie können gewiß sein, daß ich alles nur Mögliche tun werde, damit Ihrem Antrag nicht stattgegeben wird.«

Ich sehe ihn zunächst an, ohne zu verstehen, und schon

beschäftigt er sich mit dem nächsten. Ich sehe ihn an, und ich frage mich, was sich geändert hat, denn er ist noch immer da, auf der anderen Seite der Theke, Polizeikommissar des 18. Arrondissements.

Und plötzlich rede ich mit ihm in meinem Kopf. Ich rede mit ihm, weil ich verstehen muß, auch wenn alles verworren ist. Hören Sie, Herr Kommissar, ich muß mit Ihnen reden. Herr Kommissar, Sie waren es, der meine Eltern verhaftet hat. Erinnern Sie sich, Herr Kommissar, das war am 16. Juli 1942 morgens... Natürlich erinnern Sie sich. Wie an alle, die Sie an jenem Morgen verhaftet haben und die Sie in die Autobusse in Richtung Vélodrome d'Hiver gepfercht haben. Aber was Sie nicht wissen, ist, daß ich geflohen bin, kurz bevor es in das Vélodrome d'Hiver ging. Ich bin geflohen und bin gerannt. So ein Junge von vierzehn rennt schnell. So einer rennt schnell, vor allem, wenn er sich nicht umdreht, um seine Eltern ein letztes Mal zu sehen, weil ihn das daran hindern würde, seine Flucht fortzusetzen. Und, dessen bin ich mir heute sicher, meine Eltern haben ebensowenig nach mir gesehen, um die Blicke nicht auf mich zu lenken. Das, Herr Kommissar, das ist Tapferkeit, die wahre Tapferkeit: Nicht hinzusehen, wie sein Kind flieht, um ihm eine Überlebenschance zu geben.

Und ich bin gerannt, ohne ein einziges Mal stehen zu bleiben, bis ins 18. Arrondissement, in dem Sie noch immer Polizeikommissar sind.

Ich rede mit Ihnen, und Sie hören mich nicht, und langsam gehe ich zum Ausgang. Wird man mich hinausgehen lassen? Wird man mich festnehmen? Aber nein. Niemand interessiert sich für mich. Ich interessiere niemanden. Jeder hat seine Angelegenheit mit dem Kommissar zu regeln. Und der Polizeibeamte an der Tür, wird er mich vorbeilassen? Sieh an, das ist komisch: Ich habe ganz unwillkürlich auf meine linke Brustseite gesehen. Ich lächle und gehe vorbei. Die französische Polizei macht Fortschritte: Sie läßt Juden jetzt aus dem Kommissariat hinausgehen. Worüber könnte ich mich beschweren? Ich stehe auf dem Bürgersteig. Wenn ich will, überquere ich den Platz, gehe in die Bar gegenüber und trinke eine Limonade. Es ist vorbei mit den Bars, in denen Juden und Hunden der Zutritt verboten ist.

Aber ich werde den Platz nicht überqueren und auch keine Limonade in der Bar bestellen. Im Gegenteil, ich kehre um und reihe mich wieder in die Schlange ein und warte, bis ich dran bin. Weil ich nämlich mit Ihnen reden muß, Herr Kommissar. Ich muß Ihnen sagen, daß Sie dabei sind, mir meine Identität zu geben. Ich werde, ob ich will oder nicht, geprägt durch Ihren Willen, mir Hindernisse bei meinem Antrag auf Einbürgerung in den Weg zu legen. Aber seien Sie sich im klaren darüber, daß das ungefähr alles ist, was Sie gegen mich tun können, und daß ich, ob Sie wollen oder nicht, in ein paar Augenblicken von neuem dieses Kommissariat verlassen werde. Ich werde es frei verlassen. Ich werde es staatenlos und frei verlassen, und Sie werden mich hinausgehen sehen, ohne etwas zu verstehen, und alles, was Sie denken könnten, wird rein gar keine Bedeutung haben. Aber bevor ich hinausgehe, muß ich Ihnen etwas sagen. Ich muß Ihnen eine Entscheidung mitteilen, die ich gerade in diesem Augenblick getroffen habe. Ich muß sie Ihnen mitteilen, weil ich plötzlich, dank Ihnen, ein unermeßliches Verlangen habe: das, zu schreiben. Ja, Herr Kommissar, ich werde schreiben, um Schriftsteller zu werden. Um Schriftsteller französischer Sprache zu werden. Ich werde die nötige Zeit brauchen. Ich werde den nötigen Fleiß aufbringen, aber ich werde schreiben. Ich werde sicher noch eine Menge Sachen machen, wie noch eine Zeitlang sonntagmorgens auf dem Markt von Kremlin-Bicêtre Kleider verkaufen, die andere gemacht haben, nicht ich. Ich werde weiterhin Unterricht geben, um zu leben, aber ich werde schreiben. Ich werde schreiben, um den Skandal Ihrer Anwesenheit hier in dem Kommissariat zu erzählen, und um zu sagen, daß es Ihnen nicht gelungen ist, alles zu vernichten, denn ich lebe, hier, vor Ihnen, mit meinem Vorhaben zu schreiben.

Ich bin erneut an der Reihe. Ja, Herr Kommissar, ich bin zurückgekommen. Sie sehen mich überrascht an, und Sie verstehen nicht. Doch, doch, seien sie beruhigt, Sie waren vorhin sehr deutlich. Aber das macht nichts. Sie können mir diesen Satz, den ich jetzt auswendig weiß und den zu hören ich dennoch wiedergekommen bin, erneut sagen: »Sie können gewiß sein, daß ich alles nur Mögliche tun werde, damit Ihrem Antrag nicht stattgegeben wird.«

Nur ist es so: Sie täuschen sich, Herr Kommissar. Ich bin nicht wiedergekommen, um Sie um was auch immer zu bitten. Ich werde Sie um nichts mehr bitten, denn ich weiß jetzt, daß das, was Sie mir angetan haben, das, was Sie getan haben, nicht nur geschah, um Befehle auszuführen. Was Sie getan haben, haben Sie getan, weil Sie mich nicht mögen. Sie mögen meinen Namen nicht, und Sie mögen mich nicht. Ich bin wiedergekommen, Herr Kommissar, nur um Ihnen folgendes zu sagen: »Danke, Herr Kommissar.«

Präzisions-Uhren-Fabrik*

Sie sind sechs oder sieben Jahre alt und sind gerade wieder ins Bett gegangen, nachdem sie mir ein paar Photographien gezeigt haben. Kleine Amateurphotographien, die sie mir einer nach dem anderen hinstrecken, stumm und zugleich fast flehend vor Ungeduld.

Auf den meisten von ihnen ist ein Herr zu sehen, der neben einer Dame steht, die im allgemeinen lächelt und ein Kind in ihren Armen hält, fast noch ein Baby. Auf der Rückseite der Photographien ein Datum, manchmal ein Ortsname.

Ich war am selben Morgen als Erzieher in dem Kinderheim angekommen. »Du wirst sehen, Joseph«, hatte mir Raphaël gesagt, »das ist ein richtiges Schloß in einem riesigen Park mit Statuen und Springbrunnen. Es gibt ein Türmchen, das das Schloß überragt und auf das wir nicht allein hinauf dürfen und von dem aus man die Seine über mehrere Kilometer sieht.«

»Und dann duzen sich alle«, hatte Raphaël hinzugefügt und hatte mir einen an seinen Freund Georges adressierten Brief übergeben.

Dort befanden sich hundertfünfundzwanzig Kinder von Deportierten.

Mireille, eine Betreuerin, hatte mich empfangen. Etwas Ungewöhnliches, so schien es, war vorgefallen, das alle sehr beschäftigte, vor allem Louba, die Leiterin. Es war geplant, daß ich mich, noch am selben Abend, allein um das Zubettgehen der fünf kleinen Jungen kümmern sollte, die das runde

Zimmer teilten; damit sie mich kennenlernten, hatte Mireille mir angeboten, den Tag mit ihr zu verbringen, denn sie war es, die sich um die Kleinsten zu kümmern hatte.

Im Laufe des Nachmittags, als ich gerade dabei war, mit einem Suppenlöffel Marmelade aus einer großen Weißblechdose zu befördern (weniger ungeschickt, als ich befürchtet hatte), um die Brote für den Nachmittag zu schmieren, berichtete mir Mireille, daß man eben das Kind wiedergefunden habe, das morgens, als ich ankam, abgehauen sei, daß das Sachen seien, die ab und zu vorkämen, und daß es meistens dieselben seien, die das machten.

Ich saß auf der Kante von Davids Bett. Er hatte mir kein Photo gezeigt. Bloß als die andern wieder in ihren Betten waren, habe ich plötzlich gemerkt, daß auch er mir seinen Arm hinstreckte. An einer Kette, die er fest in seiner geballten Faust hielt, hing leise baumelnd eine Taschenuhr. Die Geste, der Blick von David drückten eine Art ruhige Hartnäckigkeit aus, die mir mit einem Schlag die tiefe Zuneigung offenbarte, die er für das Ding empfand, das am Ende seines Armes hing.

Ich deutete eine Bewegung zur Uhr an.

»Gehört die Uhr dir? Darf ich sie mir ansehen?«

David hat nicht geantwortet. Ich habe bloß gesehen, wie die Kette am Ende seines noch immer ausgestreckten Armes in seinem rundlichen Händchen verschwand − als ob er mir gleichzeitig etwas mitteilen und das Geheimnis hierüber bewahren wollte.

Ich war einen Augenblick unentschlossen. Dann habe ich mich vorgebeugt, die Hände fest an der Umrandung des Bettes, um mein Ohr ganz nah an die Uhr zu bringen. Die Bettnachbarn von David sahen mir schweigend zu.

»Sie geht gut«, habe ich nach einiger Zeit gesagt.

David hat ein wenig gelächelt.

So ins Vertrauen gezogen, habe ich ihn gefragt, ob ich die Schrift auf dem Zifferblatt lesen dürfe. David hat seinen Arm nicht bewegt, und so konnte ich lesen:

GLASHÜTTER
Präzisions-Uhren-Fabrik

»Und außerdem ist sie sehr schön«, habe ich hinzugefügt.

Erneut hat David ein wenig gelächelt.

Ich empfand ein Gefühl von Wohlbehagen und Scham zugleich, denn ich hatte den Eindruck, in sein Innerstes einzudringen. Daher habe ich noch ein paar Worte über den nächsten Tag gesagt, den wir gemeinsam verbringen würden, und bin aufgestanden. An der Tür habe ich den fünf Jungen eine gute Nacht gewünscht. Dann habe ich das Licht ausgemacht.

Fast sofort habe ich gehört, wie jemand fiel. Ich habe wieder Licht gemacht: David lag neben seinem Bett auf dem Boden und bewegte sich nicht. Die andern schienen mich zu belauern.

»Was ist passiert? Wieso bist du gefallen?«

»Nachts sehe ich mein Bett nicht«, hat David sehr ernst gesagt, »daher falle ich.«

Davids ruhiger Ton hat mich besorgt gemacht und verhindert, daß ich lächelte. Ich habe ihm geholfen, wieder in sein Bett zu kommen. »Das kleine Licht muß angelassen werden«, hat Maxime gesagt, sein Bettnachbar, und auf eine Lampe direkt über der Tür gezeigt. Ich habe David sorgfältig zugedeckt, und als ich diesmal hinausgegangen bin, habe ich darauf geachtet, »das kleine Licht« anzulassen, bevor ich die Deckenlampe ausmachte. Erneut habe ich ihnen eine gute Nacht gewünscht und bin in den Speisesaal hinuntergegangen.

In der großen Eingangshalle war eine Wandzeitung an der Wand befestigt. Ich bin stehen geblieben, um sie zu überfliegen. Es gab Zeichnungen: Kinder, die einen Kreis bilden, Widerstandskämpfer, die einen Zug sprengen, ein anderer, der erschossen wird. Dann einige Artikel und Sätze, die wie Antworten geschrieben und namentlich gezeichnet waren:

»Die Deportierten sind Lieder«
(Liliane, sieben Jahre)

»Die Deportierten sind die, die wiederkommen«
(Janine, sieben Jahre)

Und dann der Brief von Marcel, neun Jahre, adressiert an seine Mutter:

»Ich schicke Dir einen kleinen Brief aus der Ferne in der Hoffnung, daß Du, wenn Du zurückkommst, Dich freust, ihn zu lesen. Ich werde mich immer daran erinnern, wie die Polizisten gekommen sind, um Dich zu holen. Fernande war auf dem Land, und Michel und ich waren bei Madame Jeannette, und unsere Tante ist gekommen, um Dich zu warnen, aber es war zu spät, die Polizei hatte Dich bereits mitgenommen. Ich bin in einem kleinen Dorf im Département Sarthe gewesen, es ging mir gut, und ich habe an Dich gedacht, wenn ich die Kühe und die weiße Ziege gehütet habe. Ich küsse Dich aus der Ferne in der Hoffnung, daß ich Dich bald auf Deine eigene Backe küssen kann.«

An einem Tisch in einer Ecke des Speisesaals hatten sich einige Betreuer noch kurz zusammengesetzt. »Das ist eine Tradition«, hatte Mireille mir erklärt, »wir treffen uns jeden Abend nach dem Zubettgehen der Kinder. Wir essen, diskutieren, es ist eine unerläßliche Ruhepause.«

Mireille war noch nicht von den Schlafsälen, mit denen sie betraut war, heruntergekommen. Der Tag war schwierig gewesen. Ich bin hinausgegangen, um ein paar Schritte im Park zu gehen. Ich habe mich auf eine der Stufen der Freitreppe gesetzt.

Ein wenig später habe ich jemanden hinter mir gespürt.

»Darf ich mich setzen?«

Es war Louba.

Sie hat sich neben mich gesetzt, und wir haben ein Weilchen geschwiegen. Und dann hat sie mir von dem kleinen Maurice erzählt, der abgehauen war und den man wiedergefunden hatte.

»Haut er oft ab?«

»Er haut nicht ab. Er geht nur weg, um etwas zu erfahren, was er wahrscheinlich hier nicht finden kann. Wenn er genug hat, kommt er wieder. Oder, genauer gesagt, er sorgt dafür, daß man ihn nicht weit von hier leicht wiederfindet.«

»Sagst du ihm nichts?«

»Nein.«

»Aber hast du nicht Angst?«

»Doch. Jedes Mal. So sehr, daß ich zittere.«

Wir haben erneut ein Weilchen geschwiegen, und dann hat mich Louba gefragt, wie mein erstes Zubettbringen war. Ich habe ihr von den Photographien erzählt, von Davids Uhr und seinem Fallen, und von dem kleinen Licht.

»Das mit dem kleinen Licht«, hat sie gesagt, »das hätten wir dir sagen sollen.«

Dann hat sie mir die Geschichte der fünf kleinen Jungen erzählt.

»Viele der Kinder hier waren schon mit mir im Masgelier. Das Masgelier ist ein Kinderheim im Département Creuse, das zu Beginn des Krieges von der OSE* eröffnet worden ist. Die meisten sind Kinder, die wir nach vielen Versuchen aus den Lagern von Gurs und Rivesaltes herausholen konnten. Aus dem Lager von Gurs vor allem. Tausende von Flüchtlingen waren in den Lagern von der französischen Verwaltung unter dem Vorwand zusammengepfercht worden, sie zu überwachen. Zunächst spanische Republikaner und dann Juden. Viele Juden. Sie waren aus Deutschland vertrieben worden. Die meisten kamen aus Baden und der Pfalz, und weil sie Ausländer waren, waren sie für verdächtig erklärt worden. Verdächtig und gefährlich, wo doch Alte und Kinder unter ihnen waren, wo sie doch einfach Opfer des Faschismus waren... Die Lebensbedingungen im Lager waren entsetzlich, deshalb haben die Eltern nicht gezögert, uns ihre Kinder anzuvertrauen, sobald das möglich war... Im August 42 haben in Gurs die Deportationen begonnen. Da haben die Eltern den letzten Kindern, die wir aus den Lagern herausbekommen konnten, ein paar Wertgegenstände oder Erinnerungsstücke mitgegeben, so wie die Photographien, die sie dir gezeigt haben. Es ist schön, daß sie dir die Photographien gezeigt haben. Vergiß das nicht, Joseph. Das heißt, sie haben Vertrauen zu dir. Du darfst sie niemals enttäuschen... Ich habe gesehen, wie der Vater von David ihm die Uhr gegeben hat. Er saß auf dem Boden und hat David auf die Knie genommen. David war fast noch ein Baby. Sein Vater hatte seine Arme um ihn gelegt, wie um ihn zu beschützen. Ich weiß nicht, was er ihm gesagt hat, aber ich habe gesehen, wie er die Uhr aus seiner Tasche nahm, dann hat er Davids Daumen und Zeigefinger in seine Finger genommen, und ganz vorsichtig haben sie gemeinsam das Uhrwerk aufgezogen.

Und dann hat er die Uhr an Davids Ohr gehalten… Und ich habe Davids Lächeln gesehen…«

Einen kurzen Moment hat Louba aufgehört zu erzählen, dann hat sie weitergeredet:

»Daraufhin hat sein Papa die Uhr in Davids Hand gesteckt, seine Finger um sie geschlossen und die Kette um sein Handgelenk gewickelt. Seitdem zieht er sie jeden Abend auf, wie sein Vater es ihm beigebracht hat.«

Eine Zeitlang habe ich die Geschichte von David für mich behalten, und dann, vielleicht um den Versuch zu wagen, bevor ich sie vergesse, all das zu rekonstruieren, was Louba mir darüber an jenem ersten Abend erzählt hat, habe ich versucht, sie aufzuschreiben.

Die Geschichte von David, die jetzt ihr ganzes Gewicht bekommen hat, denn er führt mir seitdem jeden Abend, kurz bevor ich das kleine Licht für die Nacht anlasse, das Ticken seiner Uhr vor. Ich höre eifrig zu und versäume nicht, ihm jedes Mal zu zeigen, wie sehr ich die perfekte Gleichmäßigkeit zu würdigen weiß.

Ich habe versucht sie aufzuschreiben, indem ich Louba wieder das Wort erteilte, wenn ich auch weiß, daß es nicht unbedingt mit ihren Worten ist, wenn ich auch nicht unbedingt die zeitliche Abfolge respektiere, allerdings bin ich davon überzeugt, daß ich den Sinn nicht entstelle.

»David war drei, als er seine Eltern zum letzten Mal gesehen hat. Es ist schwer zu wissen, ob er noch eine präzise Vorstellung von ihren Gesichtern hat. Es war eine großartige Idee von seinen Eltern, David die Uhr zu geben. Das regelmäßige Ticken, die Zeiger, die die Stunde und die Sekunden anzeigen, das ist etwas von ihnen, was weiterlebt und was ihm übertragen wurde. Etwas, was er empfangen hat, um es seinerseits zum Leben zu erwecken. Deshalb gibt David, wie sein Vater es ihm beigebracht hat, der Uhr unfehlbar jeden Abend neues Leben. Und deshalb ist auch jeden Morgen seine erste Bewegung, sie an sein Ohr zu führen. Es ist nicht wichtig, daß die Uhr die genaue Zeit angibt, sondern daß sie niemals stehenbleibt. Ich werde sicher nie erfahren, durch welches Geheimnis David, der noch nicht zählen konnte, es immer mit untrüglicher Genauigkeit verstanden hat, die Krone mit derselben Anzahl von Drehungen aufzuziehen. Obwohl er noch ganz klein ist, fühlt David dunkel, daß er verantwortlich ist, auch wenn dieses Wort noch keine Bedeutung für ihn hat. Er hat keine Photographie von seinen Eltern, aber diese Uhr, die er so kostbar hütet, ersetzt ihm die Photographie.«

Ein paar Tage später, als es mir nicht gelingen wollte, der Erzählung von Louba eine Form zu geben, habe ich eine Liste mit einigen Wörtern aufgestellt, um sie später zu verwenden:

Eine Spur.
Ein Anhaltspunkt.
Kontinuität.
Beruhigende Anwesenheit.
Eine Bindung.
Die Verlängerung.
Teilung.
Treue.
Beharrlichkeit.
Versichern, beruhigen, besänftigen, begütigen.

Noch ein paar Tage später sind mir andere Sätze von Louba eingefallen, und ich habe erneut geschrieben:
»Die Kinder vergnügen sich untereinander damit, sich ge-

genseitig ihr Herz abzuhören. David hört jeden Morgen gewissermaßen das Herz seiner Eltern. Er hat verstanden, daß seine Eltern einer Gefahr ausgesetzt waren, daß ihr Herz nicht mehr so natürlich schlagen konnte wie seines, und daß er unbedingt auf den richtigen Gang seiner so wertvollen Uhr aufpassen muß. Es ist eine schrecklich schwere Verantwortung für ein so kleines Kind, zwei derartig teure Leben in seinen Händen zu halten. Deshalb liegt in Davids Lächeln immer ein wenig Traurigkeit. Ich wage mir den Bruch in ihm nicht vorzustellen, wenn die Uhr verlorenginge oder sie einfach stehenbliebe. An dem Tag hätte ich große Angst um ihn. Dennoch, trotz des Gewichts dieser Verantwortung, sage ich mir, daß die Uhr die große Chance für David ist. Wenn ich wissen will, wie das Bild von Glück aussehen kann, dann finde ich es, trotz der Traurigkeit, die von ihm ausgeht, in Davids Lächeln, wenn er mit dem Ohr an seiner Uhr hängt, auch wenn ich weiß, daß dieses Glück zerbrechlich und bedroht ist.«

Wir saßen noch immer auf derselben Stufe der Freitreppe, Louba und ich, und haben noch einen Moment geredet. Ich stellte nur wenige Fragen.

»Die Kinder«, hat Louba gesagt, »vor allem die kleinen, sind neugierige und wache Wesen. Der Sprung einer Heuschrecke, eine Ameise, die einen Grashalm transportiert, die kleinen gezeichneten Punkte auf dem Rücken der Marienkäfer reichen für ihr Glück aus. Viele Kinder hier haben die Freude an der Neugier verloren. Wir sind auch dazu da, ihnen zu helfen, diese Freude wiederzufinden.«

Auf eine Frage zu David hat sie noch gesagt:

»Nein, er lehnt sich nicht auf. Er lehnt sich nicht auf, weil er noch keine Wut in sich hat. Da ist nur Kummer.«

Die Geschichte von David kann ich nicht aufschreiben. Noch nicht. Ich notiere nur das, woran ich mich erinnere und was ich verstehe, und ich verstehe nicht alles. (»Du, Joseph, wirst all diese Dinge sehr schnell verstehen«, hatte mir Louba aber gesagt.) Später, wenn ich die genauen Wörter kenne, werde ich die Geschichte von David aufschreiben. Vielleicht stellen sich die Wörter eines Tages von allein an die richtige Stelle. Vielleicht aber werde ich seine Geschichte auch niemals schreiben können.

An jenem Abend habe ich nur das gemacht, was Louba mir gesagt hat. Ich habe in dem Gang, der zu dem runden Zimmer führte, kein Licht gemacht. Ich habe mich von dem kleinen Licht leiten lassen, das über den fünf kleinen schlafenden Jungen leuchtete. Ich habe mich über Davids Bett gebeugt. Seine rechte Hand, die unter dem Kopfkissen steckte, linderte seine Nacht. Seine Wangen trugen die Spuren von noch nicht getrockneten Tränen.

Brief von Georges

Lieber Raphaël,

ich habe Deine beiden letzten Briefe erhalten: den, den Du
Joseph mitgegeben hast, und den, in dem Du Dich wunderst,
daß Du keine Antwort bekommen hast.

Ich wollte sofort auf Deinen ersten Brief antworten, aber
Du weißt, wie das ist, ich habe getrödelt, und inzwischen ist
Dein zweiter Brief angekommen.

Ich verstehe mich gut mit Joseph. Er kümmert sich um die
Kleinen, aber da er auch damit betraut ist, die Bibliothek zu
verwalten, die unaufhörlich neue Bücher bekommt, sehe ich
ihn häufig. Ich helfe ihm ein bißchen, und er berät mich bei
meiner Lektüre: Romain Rolland, Anatole France, *Der Fall
von Paris* von Ilja Ehrenburg. Joseph liest nie ohne einen Bleistift in der Hand. Ich habe gerade mit *Meine Kindheit* von Ma-
xim Gorki begonnen. Das ist die Geschichte eines Kindes,
dessen Vater gestorben ist, das zu der Familie seines Groß-
vaters nach Nischni Nowgorod zieht und dabei die Wolga
mit dem Schiff flußaufwärts fährt.

Mir gefällt dabei sehr gut, daß die Reise geographisch klar
bestimmt ist. Die Städte haben Namen, und sie werden in
chronologischer Reihenfolge genannt: Astrachan, Saratow,
Simbirsk, Nischni Nowgorod. In dem Buch ist die Liste natürlich unvollständig, aber mir haben die Städtenamen so gefallen, daß es mir beim Lesen schien, ich hätte sie schon immer auswendig gekannt. Ich fand es schade, daß es nicht mehr
gab, daher habe ich die Liste mit Hilfe eines Lexikons vervoll-
ständigt. Ich habe auch aufgeschrieben, daß die Wolga der

längste Fluß Europas ist (3 694 km), daß ihre Quelle auf den Waldaihöhen liegt und daß sie nacheinander durch Kalinin, Jaroslawl, Kostroma, Gorki, Kasan, Uljanowsk, Kuibyschew, Saratow, Stalingrad, Astrachan fließt, bevor sie in das Kaspische Meer mündet. Ich habe auch gelernt, daß Nischni Nowgorod zu Ehren des Schriftstellers, der aus dieser Stadt stammt, Gorki geworden ist, und daß es in der UdSSR durchaus üblich ist, Städte umzubenennen, indem man ihnen zumeist Namen von berühmten Männern gibt. So hieß Stalingrad früher Zarizyn, Kuibyschew hieß Samar, Twer ist Kalinin geworden und Simbirsk Uljanowsk, nach dem wirklichen Namen von Lenin. Das bedeutendste Beispiel ist sicherlich Sankt Petersburg, das zunächst in Petrograd umbenannt wurde, bevor es endgültig Leningrad hieß.

Wenn wir wieder »Städtebesuchen«* spielen (das Spiel, das ich letzten Sommer so gemocht habe), dann werde ich versuchen, mich zu zwingen, nur russische Städte zu nennen.

Mir ist aufgefallen, daß es in *Meine Kindheit* Sätze oder Gedanken gibt, die regelmäßig wiederkehren. Einer von ihnen, die Wiederholung eines Gefühls, ist mir besonders aufgefallen. Er taucht in leicht veränderter Form im Abstand von mehreren Seiten auf. Seite 19 (es geht um den Großvater): »... ich spürte sofort den Feind in ihm, so daß gespannte Aufmerksamkeit und eine besorgte Neugier ihm gegenüber in mir erwachten.« Und ein paar Seiten weiter (nach einer Krankheit des Kindes): »Seit jenen Tagen begann ich, die Menschen mit besorgter Aufmerksamkeit zu beobachten.«

Ganz sicher muß sich das gleiche Phänomen auch in anderen Büchern finden lassen, aber ich hatte es bis jetzt noch nicht bemerkt.

Nach und nach habe ich den Eindruck, daß die Freude an der Lektüre immer größer wird. Sie erlaubt mir, mit einer

Geschichte in einer Ecke des Parks oder auf meinem Bett allein zu sein. Ganz besonders liebe ich die Möglichkeit, innezuhalten, zurückzublättern und so häufig wiederzulesen, wie ich will. Ich mag das Kino noch immer, glaube ich, aber ich gehe zu selten hin. Vielleicht ist das auch ein Grund, weshalb mir das Lesen so viel Vergnügen bereitet.

Davon abgesehen hätte das Schloß beinahe gebrannt.

Erinnerst Du Dich an die Brüder Lipsztejn? Sie sind jetzt sieben und neun, aber sie sind noch immer genauso schrecklich. Der kleinere hätte beinahe das Schloß in Brand gesteckt. Weil er seine eine Socke nicht fand, hat er sich auf den Bauch gelegt und sie mit einer brennenden Kerze, die er irgendwo gefunden hatte, unter seinem Bett gesucht. Natürlich hat seine Roßhaarmatratze sofort Feuer gefangen, und anstatt um Hilfe zu rufen, hat Isidore aus Angst, ausgeschimpft zu werden, versucht sie zu löschen, indem er mit allen Kräften blies. Was natürlich überhaupt nichts half. Zum Glück hat Joseph, der auf dem Gang war, den Rauch gerochen und ist mit einem der Feuerlöscher, die an der Wand hängen, herbeigeeilt. Erst als das Bett mit der schaumigen Flüssigkeit praktisch völlig bedeckt war, hat er die unter dem Bett hervorragenden Beine von Isidore entdeckt, der immer noch nicht wagte, sich bemerkbar zu machen. Joseph hat heftig an seinen Füßen gezogen, während der Feuerlöscher weiter Schaum im ganzen Zimmer verteilte. Was dazu führte, daß ein nicht wiederzuerkennender Isidore unter dem Bett hervorgekommen ist. Als sein Bruder ihn in diesem Zustand gesehen hat, hat er losgeschrien und Joseph einen Dummkopf geschimpft, und geschrien, wenn Isidore jetzt seinetwegen blind würde, dann würde er ihn zwingen, sein ganzes Leben eine Rente zu zahlen, und noch ganz viele andere Sachen, bis Louba eingegriffen und die Ruhe wiederhergestellt hat.

Ein paar Tage später war Isidore schon wieder zu spät beim Frühstück. Joseph wollte gerade den Kleinen Kakao eingießen, als der Bruder, der am Nachbartisch frühstückte, herbeigestürzt ist. Er hat das Buttermesser ergriffen und die Kinder bedroht: »Der erste, der seinen Kakao trinkt, bevor mein Bruder am Tisch sitzt, der bekommt das hier in den Bauch!« Die Kinder hatten weder Zeit, zu erschrecken, noch konnte Joseph etwas antworten, denn Isidore kam in aller Ruhe in den Speisesaal. Als verantwortlicher großer Bruder hat ihm Felix eine Ohrfeige gegeben, um ihn zu lehren, nicht mehr zu spät zu kommen. Isidore hat ganz kleinlaut seinen Platz eingenommen, und während Joseph ein »Guten Appetit, Kinder!« rief, hat sich Felix wieder an seinen Tisch gesetzt.

Trotz allem hat Joseph die Brüder Lipsztejn sehr gern. Er hat mir gesagt, daß er stärker beruhigt ist von den Gefühlen, die sie füreinander haben, als besorgt über die Katastrophen, die sie anrichten können.

Um das Thema Isidore zu beenden: Gestern wollte er sich in der Bibliothek ein Buch ausleihen, das man aber wegen der wertvollen Illustrationen besser in der Bibliothek liest. Es handelt sich um ein großes Buch über Afrika mit Farbtafeln, die Löwen, Elefanten, Rhinozerosse und andere wilde Tiere darstellen. Joseph hat trotzdem eingewilligt, es Isidore auszuhändigen, und hat ihm eingeschärft, wirklich gut darauf aufzupassen. Aber Isidore hat die Ermahnungen von Joseph vollständig mißverstanden, denn er hat sofort die Haltung eines Boxers eingenommen und erklärt, daß er keine Angst habe.

Die Geschichten der Brüder Lipsztejn erzähle ich Dir eigentlich nur, um Dir zu sagen, daß sich hier auf dem Schloß wirklich nichts geändert hat.

Übrigens, apropos Schloß, wenn Du bei Dir noch die Ausgabe von *Droit et Liberté* hast, in der das Photo erschienen ist, wo wir alle vor der Freitreppe mit Marc Chagall stehen, dann sieh es Dir genau an: Du wirst sehen, wie Félix hinter einem Betreuer steht und ihm zwei Hörner macht. Als der die Zeitung gesehen hat, war er wütend, und alle schienen bereit, Félix zu verurteilen, der in das Büro von Louba gerufen worden ist. Als sie ein bißchen später alle beide herausgekommen sind, hatte Félix rote Augen, aber Louba hat erklärt, daß Félix nur das V als Siegeszeichen hatte machen wollen, wie er es auf den Photos in den Zeitungen bei der Befreiung gesehen hatte.

Davon abgesehen beginnen wir an die Ferien zu denken. Eine Abordnung Kinder ist eingeladen, den Juli in Polen zu verbringen. Ich weiß noch nicht, ob ich dazugehören werde, und ich bin nicht einmal sicher, ob ich Lust dazu habe. Ich glaube, ich würde lieber die Kinder vom letzten Jahr in einer Ferienkolonie wiedersehen. Es ist dieses Jahr die Rede von Saint-Jean-de-Luz oder Tarnos an der baskischen Küste. Vielleicht sehen wir uns wieder? Ich hoffe es jedenfalls. Viele Kinder möchten diesen Sommer nicht wieder in eine Ferienkolonie, nachdem sie ein ganzes Jahr in Gemeinschaft verbracht haben, aber von ein paar abgesehen, die von einem Onkel oder einer Tante aufgenommen werden, haben die anderen leider keine Wahl.

Es ist auch die Rede davon, daß die Großen zum Anfang des neuen Schuljahrs das Schloß verlassen und in ein anderes Heim näher bei Paris kommen. Die Jungen werden nach Montreuil gehen und die großen Mädchen nach Arcueil. Es ist ein bißchen traurig, den großen Park zu verlassen, an dem ich trotz allem hänge, aber mit der Nähe der Metro wird alles einfacher sein: Paris, das Gymnasium und ein Haufen anderer Sachen wie das Kino, das mir hier doch ziemlich fehlt.

Schreib mir, wie Deine Pläne für die Ferien aussehen.

Vielleicht könnt Ihr uns inzwischen an einem Sonntag zu mehreren hier besuchen kommen? Es sei denn, wir würden einen Ausflug nach Paris machen, dann könnten wir uns alle an der Place de la République treffen?

Ich warte darauf, daß bei einem dieser Pläne etwas herauskommt, und schicke Dir meine herzlichsten Grüße

Georges

Schülerprobleme

»Weißt du, daß Leibele mit jiddischem Akzent bellt?«

Es ist sein Hund, den Isy Leibele nennt. Es ist ein dicker Hund mit langen Haaren vor den Augen, der Isy überall hin folgt. Er bindet ihn hinten an seinen Handwagen an, wenn er sich in die Höfe stellt und schreit, um zu versuchen, alte Sachen zu kaufen, wie nicht mehr vollständiges Geschirr oder Kleider, die keiner mehr will.

Er hatte seinen Hund zu Ehren von Trotzki Leibele genannt.* Albert machte das wütend, obwohl er doch kein Trotzkist war.

»Wenn man Respekt vor den Leuten hat, dann gibt man ihren Namen nicht einem Tier«, hatte Albert gesagt, als Isy das erste Mal mit seinem Hund gekommen war.

»Leibele ist kein normales Tier«, hatte Isy geantwortet. »Er ist ein treuer Hund. Genauso wie Trotzki treu zu Lenin war.«

»Du siehst ja selbst, daß man mit dir nicht über Politik reden kann. Du verwechselst alles. Auf jeden Fall nenne ich deinen Hund ›Hund‹.«

»Er wird dir nicht antworten.«

»Um so besser! Da wir uns so oder so nichts zu sagen haben, paßt das ja.«

Und Albert hatte wieder seine Schere genommen.

Was Albert vor allem wütend machte, waren Isys Spaziergänge. »Wenn ein Mann verantwortungsbewußt ist, rackert er für seine Familie, oder aber er ist ein Schnorrer.« Albert selber bleibt den lieben langen Tag in der Schneiderei. Und wenn er das Haus verläßt, dann nur, um zu liefern oder um Arbeit herzubringen. »Denn es gibt diejenigen, die arbeiten, und diejenigen, die spazierengehen. So geht es in der Welt. Und man kommt im Leben zu nichts, wenn man spazierengeht.«

Denn für Albert geht mein Bruder Isy spazieren und zählt auf das Glück. Und wenn ihn das Glück zufällig ereilt, dann sagt er sich nicht: »Das ist ein guter Tag, das Glück ist auf meiner Seite, jetzt ist nicht der Moment aufzuhören«, nein! Das Glück besteht für Isy darin, bereits morgens ein Geschäft abgeschlossen zu haben, um den Rest des Tages frei zu sein. Er läuft dann gleich los und stellt den Karren in seinem Schuppen in der Rue des Jardins-Saint-Paul ab, nimmt seine Angelrute und steigt am Pont Marie hinunter, um »dem Angelsport zu huldigen«, wie er zu sagen gelernt hat.

»Isy«, sage ich zu ihm, »wenn das Glück da ist, dann geh, lauf ihm hinterher, bleib ein wenig bei ihm. Warum gibst du dich mit so wenig zufrieden?«

»Wenn ich ihm hinterherlaufe, Leiele, dann riskiere ich, es zu überholen, ohne es zu sehen, und dann liegt das Glück hinter mir. Wenn man einen Fisch fangen will, dann muß man die Angelschnur genau an den richtigen Ort werfen und sie mit der Geschwindigkeit der Strömung, genau mit der Geschwindigkeit der Strömung, treiben lassen. Und nicht zurückhalten und nicht schneller machen.«

Wenn Hélène, seine arme Frau, Fisch nicht mehr sehen kann, dann bringt Isy uns welchen. Aber sobald er uns den Rücken zuwendet, kommt der Fisch direkt in den Mülleimer. Ich rede mit Albert nicht einmal darüber. Wozu noch zusätzlichen Streit?

Betty war es, der Isy von Leibeles jiddischem Akzent erzählt hatte, als sie im Bett lag.

Sie war gestern nachmittag zähneklappernd von der Schule

heimgekommen und hatte sich sofort ins Bett gelegt, ohne etwas zu essen. Alles, was ich aus ihr herausbekommen hatte, als sie ein Glas heiße Milch mit Honig trank, war, daß sie nicht wieder in die Schule gehen wolle.

Heute morgen, als ich ihr die Stirn gefühlt habe, habe ich geglaubt, sie hätte kein Fieber mehr, aber ich habe gespürt, daß man sie noch einen Tag im Bett behalten muß.

»Ich will die Schule wechseln«, hat sie auch zu Isy gesagt.

»Die Schule wechseln?« (Isy hat mir einen Blick zugeworfen.) »Aber man wechselt nicht einfach so die Schule, ohne Grund.«

»Aber es ist nicht ohne Grund! Und außerdem hat Raphaël auch die Schule gewechselt.«

Es stimmt, daß Raphaël die Schule gewechselt hatte. Das war unmittelbar nach der Befreiung, kurz nach Schulanfang. Er hatte sich mit einem Klassenkameraden geprügelt, der ihn als Drecksjuden beschimpft hatte. Er war dermaßen außer sich, daß der Lehrer die Hilfe von mehreren Schülern brauchte, weil es ihm allein nicht gelang, Raphaël zu bändigen. Und dann hat er Raphaël geohrfeigt, weil es verboten ist, sich im Klassenraum zu prügeln. Da ist Raphaël vor Wut fast geplatzt. Er hat geschrien: »Der Krieg ist vorbei! Der Krieg ist vorbei!« Und er hat dem Lehrer seinen Kopf in den Bauch gerammt und hat mit den Füßen gegen die Tische getreten. Und er hat die Landkarten zerrissen, die an den Wänden hingen, und ist aus der Schule gerannt. Eine Angestellte der Schule hat den Ranzen von Raphaël nach Hause gebracht. Raphaël ist am nächsten Tag im Bett geblieben, und da hat er gesagt, daß er nicht wieder in die Schule gehen wolle. Und dann bin ich zum Direktor geladen worden. Er wollte, daß sich Raphaël dafür entschuldigt, daß er dem Lehrer seinen Kopf in den Bauch gerammt hat, und vor allem für die zerrissenen Frankreichkarten. Daraufhin habe ich Raphaël im Lycée Charlemagne angemeldet.

»Hat dich jemand in der Schule als Drecksjüdin beschimpft?« hat Isy gefragt, der die Geschichte kannte.

Betty hat den Kopf geschüttelt.

»Ist es trotzdem etwas Ernsthaftes?«

Ohne jemanden anzusehen, hat Betty ja gemacht.

»Aber es ist etwas, was du mir nicht erzählen willst und auch nicht deiner Mutter oder irgend jemandem sonst?«

Betty hat wieder genickt.

»Ist es etwas, wofür du dich schämst?«

Betty hat aufgeblickt und den Mund aufgemacht. Aber sie hat nichts gesagt. Und dann hat sie sehr schnell die Augen niedergeschlagen, und Isy und ich konnten sehen, wie sich unter ihren Lidern Tränen bildeten.

»Hör zu, wir machen folgendes«, hat Isy schnell gesagt. »Ich schlage dir einen Handel vor. Du erzählst mir deine Geschichte, und ich erzähle dir auch eine Geschichte. Einverstanden?«

»Du fängst an!«

»Ich fange an, wenn du willst. Ich glaube, ich kann dir vertrauen.«

Um Isy besser zuhören zu können, hat sich Betty tief in ihre Decken verkrochen und nur noch ihren Kopf herausgucken lassen.

»Gut. Hör du auch gut zu, Leibele, das könnte dich interessieren.«

Leibele, der mit dem Kopf zwischen den Vorderbeinen ausgestreckt auf dem Boden lag, hat ein Auge geöffnet, als er seinen Namen hörte. Er hat sehr lange gegähnt, wie Hunde es tun, hat seine Stellung wieder eingenommen und ist sofort wieder eingeschlafen. Zum ersten Mal an dem Tag habe ich auf Bettys Lippen ein kleines Lächeln gesehen.

»Dann hat er eben Pech gehabt«, hat Isy gesagt. »Ich beginne trotzdem:

Es war einmal ein König, dessen Königreich in Mitteleuropa lag. Genauer, in den Karpaten, und noch genauer, in der Provinz Bukowina… Nein, ich fange noch mal an. Das ist kein guter Anfang. Es ist sehr wichtig, einen guten Anfang für eine Geschichte zu finden.«

Isy schien einen Moment zu überlegen.

»Jetzt hab ich's: Es ist die Geschichte eines kleinen Jungen von sieben Jahren, der Jacob hieß. Er lebte mit seinen Eltern in einer kleinen Stadt des österreichisch-ungarischen Reichs. Als er noch ganz klein war, wäre Jacob beinahe gestorben, weil er mit anormalen Atemwegen auf die Welt gekommen war. Die Ärzte hatten ihn zwar zu behandeln versucht, aber sie blieben machtlos gegen die sehr schwere Krankheit des Kindes, so daß seine Eltern gezwungen waren, Tag und Nacht über ihn zu wachen. Eines Tages hörten die Eltern des kleinen Jacob von einem großen Chirurgen – einem gewissen Bronstein –, der in einer Klinik in Wien praktizierte und dessen Kenntnisse und Geschick Kranke vor dem Tod bewahrt hatten, die von anderen Ärzten – und zwar von internationalem Ansehen – bereits aufgegeben worden waren.

Die Beliebtheit dieses Chirurgen war so groß, daß man für eine Operation viele Wochen und manchmal sogar viele Monate im voraus einen Termin ausmachen mußte. Aber glücklicherweise für den kleinen Jacob liebte dieser Bronstein Kinder über alles, und außerdem interessierte er sich für hoffnungslose Fälle. Die Eltern waren voller Freude und Hoffnung, als sie als Antwort auf ihren Brief eine Nachricht von der Klinik erhielten, die ihnen einen Termin für die folgende Woche gab. Eine Anmerkung am Ende dieser Nachricht schien ihnen seltsam. Der Chirurg hatte sie eigenhändig für

Jacobs Vater hinzugefügt: ›Da Sie Schneider sind‹, hatte Dr. Bronstein geschrieben, ›bringen Sie mit Jacob auch einen Beutel Knöpfe mit.‹ Und er hatte unterschrieben.

Die Eltern hatten versucht, den Sinn dieser Anmerkung zu verstehen, und obwohl sie keine Antwort fanden, schüttete der Vater alle Knöpfe, die er finden konnte, in einen Beutel, den er für den Anlaß genäht hatte: Knöpfe aller Farben, aus Metall, aus Holz, aus Horn. Hosenknöpfe, Hemdknöpfe, Gehrockknöpfe, Knöpfe von Militärkleidung, Druckknöpfe…

Als sie nach Wien kamen, war der kleine Jacob sehr schwach, denn wegen des regen Lebens, das in dieser Stadt herrschte, hatte er größte Schwierigkeiten zu atmen. So entschied Dr. Bronstein angesichts des Zustandes des Kindes, noch am selben Tag zu operieren.

Die Operation dauerte vier Stunden, und Jacobs Eltern waren krank vor Sorge. Als sie endlich den Chirurgen schweißgebadet, aber mit einem breiten Lächeln auf den Lippen aus dem Operationssaal kommen sahen, fielen sie sich gegenseitig in die Arme und weinten vor Freude, denn sie verstanden, daß ihr Kind gerettet war. Dr. Bronstein erklärte ihnen, daß er ein kleines Rohr an der Luftröhre angebracht habe, und daß dieses Röhrchen zu einem kleinen Hornknopf führe (der sorgfältig unter denen ausgesucht worden war, die Jacobs Vater mitgebracht hatte). Der kleine Knopf, der auf der Höhe des Kehlkopfs eingepflanzt worden war, erlaubte es dank der vier kleinen Löcher, die normalerweise dazu dienen, die Knöpfe anzunähen, den Luftkreislauf in den Lungen wiederherzustellen. ›Ihr kleiner Jacob wird jetzt ein fast normales Leben führen‹, fügte Dr. Bronstein hinzu, ›zumindest ohne Gefahr. Aber es wäre gut, wenn er die Stadt so bald wie möglich verlassen würde.‹ Und der Doktor riet ihnen, in eine für die Atemwege ausgezeichnete Gegend zu ziehen, die in den Karpaten lag, genauer in der Provinz Bukowina.

Zwei Jahre vergingen.

Zwei Jahre, in denen die Eltern des kleinen Jacob keine Angst mehr hatten. Aber Jacob selbst war nicht glücklich. Der kleine Hornknopf, den Dr. Bronstein ihm eingepflanzt hatte, erlaubte ihm, normal zu atmen, aber die eindringende Luft verwandelte den Knopf in eine Pfeife. Und da er jetzt vollkommen regelmäßig atmete, wurde die Anwesenheit von Jacob immer durch ein leises Pfeifen angezeigt.

Natürlich konnte Jacob gefahrlos kommen und gehen, der Ton der kleinen Pfeife war eher sanft und harmonisch, aber Jacob war unglücklich, weil er anders war.

Vor allem in der Schule fühlte sich Jacob unglücklich. Dabei war er, getrieben von dem Verlangen, die verlorene Zeit wieder einzuholen, die er mit dem Versuch zu überleben verbracht hatte, ein ausgezeichneter Schüler geworden. Häufig holte ihn der Lehrer an die Tafel, um ihn als Beispiel vorzustellen, aber die Sätze, die Jacob aussprach, wurden von den Pfiffen des kleinen Hornknopfs unterbrochen. Und das zur großen Freude seiner Klassenkameraden, die sich manchmal sehr grausam über ihn lustig machten. So entschloß sich Jacob an seinem neunten Geburtstag, nicht mehr in die Schule zu gehen.

Er verbrachte daraufhin den größten Teil seiner Zeit in dem nahe gelegenen Wald.

Schon immer ging im Land die folgende Sage: Es gab einen König, dessen Königreich im tiefsten Innern dieses Waldes lag, und dieser König hatte, so erzählte es die Sage, die Macht, Wunder zu vollbringen. Aber der König hatte in seiner großen Weisheit die Zugänge zu seinem Königreich unzugänglich gemacht. Und zwar so gut, daß niemand sich

rühmen konnte, sich ihm genähert zu haben. Dabei gab es
sehr viele Menschen, die sich wünschten, ihn Wunder vollbringen zu sehen, denn die Sage war weit über die Karpaten
hinaus bekannt. Aber jeder Versuch scheiterte. Der Wald war
nämlich von unsichtbaren Wesen bevölkert, die den König
schützten, indem sie mit Hilfe von Schleudern mit außer-
gewöhnlicher Genauigkeit kleine Steine warfen. Die Steine
trafen nie diejenigen, die versuchten, in das Königreich einzudringen, sondern sie schlugen wenige Zentimeter vor
ihnen auf den Boden, so daß die Eindringlinge jedes Mal
umkehren mußten.

Der kleine Jacob hatte ebenfalls von dem wundertätigen
König gehört, und er hatte bereits mehrere Male versucht, in
den Wald einzudringen, damit der König das Wunder der
Wunder bewirken solle: das berühmte leise Pfeifen zu beenden, das Jacob zum Gespött seiner Klassenkameraden machte.

Wiederholt war es ihm gelungen, an Orte vorzudringen,
wo es nicht die Spur eines Weges mehr gab, denn er war
klein und hatte gelernt, sich mit der Geschmeidigkeit einer
Katze zu bewegen. Aber auch er mußte schließlich umkehren, denn jedesmal verriet ihn sein Pfeifen, und sofort prallten
kleine Steine vor seine Füße.

Eines Tages, als er besonders verzweifelt war und auf
einem großen Stein am Waldrand saß, sah Jacob plötzlich vor
sich einen alten Mann. Einen alten Mann, wie man ihn gewöhnlich in Bilderbüchern sieht und dessen Gesicht von
einem seltsamen Licht erleuchtet war. Jacob war stumm vor
Erregung, denn er sah sehr wohl, wie übernatürlich diese Er-
scheinung war.

Die seltsame Gestalt fragte Jacob nach dem Grund seiner
Verzweiflung.

›Ich habe den Wunsch zu sterben‹, antwortete Jacob.

›Nein, Jacob‹ (der Alte kannte Jacobs Namen). ›Nein, Jacob. Du hast nicht den Wunsch zu sterben. Du hast den Wunsch zu leben, aber es gelingt dir nicht. Du willst dem König begegnen, damit er ein Wunder vollbringt, aber ein Wunder muß man verdienen.‹

Jacob verstand nicht, also erklärte ihm der Alte:

›Weißt du, was die Bewohner des Waldes aufschreckt, wenn du kommst? Das besondere Pfeifen, das aus deiner Kehle dringt und das keinem der Gesänge der Vögel gleicht, die in diesem Wald wohnen. So daß die Vögel bei deiner Ankunft verstummen, und ihr Schweigen zeigt deine Anwesenheit an. Wir werden also folgendes tun: Jeden Morgen treffen wir uns beide hier an dem großen Stein, und jeden Morgen bringe ich dir den Gesang eines Vogels bei. So wirst du, ohne mit dem Atmen aufzuhören, die Luft, die durch den kleinen Hornknopf strömt, in eine Melodie verwandeln, und du wirst dich ungehindert neben den König setzen und ihn bitten können, deinen Wunsch zu erfüllen.‹

Und das taten sie.

Am ersten Morgen lernte Jacob den Gesang des Dompfaffs mit seinem sanften und melancholischen Ruf. Am nächsten Tag das Schnarren der Grasmücke. Am übernächsten Tag das lebhafte Zwitschern des Stieglitz. Am vierten Tag den klangvollen Gesang des Hänflings. Dann den perlenden Gesang des Rotkehlchens und das langgezogene Trillern des Feldschwirl. Und dann lernte er das ›Gerrk‹ der Feldlerche, das ›Karröh, karröh‹ des Rohrsängers, das ›Judütt, judütt‹ der Singdrossel. Später das ›Tock, tock‹ der Amsel, das ›Trrü, trrü‹ der Blaumeise, den durchdringenden Gesang des Buchfinks und die schrillen ›Zick-zik-zik‹ des Zaunkönigs, der nur fünf Gramm wiegt. Später noch kam der Würger mit seinem aufgeregten Geschrei an die Reihe, das abwechslungsreiche Kreischen des

Hähers und das Plappern des Schmätzers. Und er lernte auch den kichernden Gesang des Stars, die ängstliche Stimme des Pirols, das ›Tswitt, tswitt‹ der Schwalbe, das Schwatzen der Elster und das ›Kuckuck‹ des Kuckucks.

Eines Morgens, am Tag, nachdem Jacob den Gesang der Nachtigall gelernt hatte, der sogar in der Nacht klar wie Kristall ist, begab er sich wie gewöhnlich zu dem großen Stein. Aber an dem Tag kam der Weise nicht. Jacob verstand, daß die Lehre beendet war. Und gleich machte er sich auf den Weg.

Er achtete auf das kleinste Geräusch, und es schien ihm, er könne die Sprache der Vögel verstehen, und er erinnerte sich daran, was der Weise ihm am ersten Morgen gesagt hatte: ›Es reicht aus, gut zuzuhören, um zu verstehen, was sie singen.‹ Und was er für eine sehr gefährliche Prüfung gehalten hatte, stellte sich eher als eine Art Spiel heraus, denn er kannte den Gesang der Vögel meisterlich.

Plötzlich, als er fast schon vergessen hatte, weshalb er in dem Wald war, gelangte Jacob auf eine riesige Lichtung. Diese Lichtung strahlte in demselben Licht, von dem das Gesicht des Alten umgeben gewesen war, der Jacob so viel beigebracht hatte. Inmitten der Lichtung saß ein Mann auf einem Thron und wandte dem Wald den Rücken zu.

Jacob blieb wie angewurzelt stehen, ohne ein Wort hervorbringen zu können.

›Komm und setz dich neben mich‹, sagte der König, ohne sich umzudrehen.

Schrecklich beeindruckt gehorchte Jacob dem König und setzte sich neben ihn. Erst da sah er zu seinem Erstaunen, daß es sich um den Weisen von dem großen Stein handelte. Er fragte sich zuerst, warum der König von Jacob so viele Wochen der Mühen gefordert hatte, wo er doch schon bei ihrer ersten Begegnung – er hatte ja die nötige Macht – bloß das kleine Wunder hätte vollbringen müssen, das es Jacob endlich erlaubt hätte, ein Kind wie die anderen zu werden.

Eifrig antwortete er jedoch auf die Fragen des Königs.

Der König hörte Jacob aufmerksam zu und antwortete ihm, daß er nichts mehr für ihn tun könne. Jacobs Herz wurde von Kummer überwältigt.

›Bin ich also umsonst gekommen?‹ fragte er, und Tränen liefen seine Wangen hinunter.

Der König nahm die Hände des Kindes in seine großen weißen Hände und sprach voller Wohlwollen zu ihm.

›Nein, mein kleiner Jacob. Du bist nicht umsonst gekommen. Du mußt gut verstehen, warum es dir gelungen ist, all die Hindernisse zu überwinden. Wenn du in der Hoffnung zu mir gekommen bist, ein Kind wie die andern zu werden, hast du dich getäuscht, weil du sicherlich niemals ein Kind genau wie die andern sein wirst. Du mußt aber wissen, daß, indem du bis hierher gekommen bist, du etwas ganz Außergewöhnliches vollbracht hast, denn es gibt in jeder Generation nur sehr wenige, denen es gelungen ist, diesen Weg zu beschreiten. Das Wunder kann nicht von mir kommen, denn es besteht gerade in der Tatsache, bis hierher gekommen zu sein. Das ist das Wunder, das ich mir von dir erhoffte, deshalb hast du gut daran getan zu kommen.‹«

Hier hat Isy aufgehört zu reden.

»Ist die Geschichte zu Ende?« hat Betty gefragt.

»Sie ist zu Ende«, hat Isy gesagt.

Betty hat einen Augenblick überlegt.

»Ich habe das Ende nicht richtig verstanden.«

»Die Geschichten versteht man nicht immer sofort, aber das ist nicht schlimm. Was zählt, ist, zuzuhören. Und auch, sie zu erzählen, wenn man sie kennt. Erinnerst du dich an unseren Handel? Ich erzähle eine Geschichte, und du erzählst deine Geschichte. Aber denk daran: Es ist sehr wichtig, den richtigen Anfang einer Geschichte zu finden. Gut, ich habe viel erzählt, ich trinke jetzt ein Glas Wasser. Ich komme gleich zurück.«

Leibele hat wieder ein Auge geöffnet, als Isy aufgestanden ist, um hinauszugehen, aber er hat wohl verstanden, daß er zurückkommen würde, denn er ist auch diesmal wieder eingeschlafen.

Um Betty Mut zu machen, habe ich ihr Kopfkissen zurechtgerückt, weil ich dachte, im Sitzen ist das Erzählen leichter.

Isy ist zurückgekommen und hat wortlos wieder seinen Platz auf dem Stuhl eingenommen.

»Es ist wegen dem Aufsatz«, hat Betty nach einem Moment gesagt.

»Wegen dem Aufsatz?«

»Ich habe ›Puzzelbaum‹ geschrieben.«

»Na und?«

»Und da hat die Lehrerin gesagt, man sagt nicht ›Puzzelbaum‹, man sagt Purzelbaum. Aber vorher hat sie mich gefragt, was das sein soll. Aber da ich es nicht geschafft habe zu erklären, habe ich mich vor ihr Pult gestellt und habe einen gemacht, und da ist das Gummiband von meinem Schlüpfer gerissen und alle haben sich über mich lustig gemacht.«

Weil Kinder nun einmal so sind, hat Betty angefangen, dicke Tränen zu weinen. Wir spürten schon, daß sie kommen würden, weil sie immer schneller geredet hatte, wie man es macht, wenn man Angst hat, eine Geschichte nicht beenden zu können. Ich habe sie in die Arme genommen und geküßt, ich habe versucht, sie zu trösten, und habe ihr gesagt, daß das nicht schlimm sei, aber sie war nicht zu trösten, sie hatte den wahrhaften Kummer eines kleinen Mädchens.

Auch Isy hat sich gefragt, wie man die Tränen von Betty aufhalten könnte, und plötzlich, als er sah, daß Leibele von dem Weinen ganz wach geworden war, hat er zu ihm gesagt: »Weißt du auch nicht, was ein ›Puzzelbaum‹ ist, Leibele? Dann bist du genau so dumm wie die Lehrerin. Nun? Gut, sieh gut zu, ich werde es dir zeigen.«

Und Isy hat Schwung genommen und einen Purzelbaum gemacht. Aber dabei ist er mit seinem Fuß an einem Stuhl hängengeblieben, der ihm beinahe auf den Kopf gefallen wäre. Leibele, der glaubte, das sei ein neues Spiel, ist um Isy herumgesprungen, während er so laut bellte, daß Albert aus der Schneiderei gerannt kam.

»Was ist los? Was geht hier vor? Was ist mit dir passiert?« hat er Isy gefragt, als er ihn auf dem Boden sitzen sah.

»Ich habe einen ›Puzzelbaum‹ geschlagen«, hat Isy geantwortet und sich das Knie gerieben, weil er sich weh getan hatte. »Nicht wahr, Leibele?«

Leibele hat »Wau! Wau!« gemacht.

»Siehst du, Albert, mein Volkskommissar hat ›Jau! Jau!‹ gesagt.«

Am nächsten Tag ist Betty wieder in die Schule gegangen.

Die Dauer des Glücks

Um zu versuchen, die Menschen zu beruhigen, ihr Leiden zu
mildern, hört man ihnen zu, wenn sie reden. Manchmal hat
man das Bedürfnis, ihre Hände zu ergreifen. Manchmal hat
man sogar das Bedürfnis, sie zu umarmen, aber es gibt Menschen, bei denen man das nicht kann, weil allein das Zuhören
sie schon ermutigt. Dann gehen sie zu weit, weil man sie ermutigt hat.

Léa ist zu weit gegangen.

Wie so oft am Freitag ist Albert weggegangen, um bei Wasserman Zutaten zu holen, und da jetzt die Sauregurkenzeit
beginnt, sind Madame Andrée und die anderen Fertigmacherinnen heute nicht gekommen und auch Léon nicht. Maurice
ist gegen vier Uhr gegangen. Léa sitzt am Platz von Madame
Andrée. Sie hat mir ein Glas Tee gebracht. Nachdem ich es
getrunken habe, habe ich es auf dem kleinen Tisch der Fertigmacherinnen abgestellt. Léa hält es in ihren Händen, wie um
sie zu wärmen.

Heute leistet mir Léa nicht nur Gesellschaft. Sie hatte mir
etwas zu sagen. Ich habe den Eindruck gewonnen, daß zwischen ihr und Albert nicht alles gutgeht.

In dem Gespräch war auch viel Vertrautheit, und ich habe
mich ein wenig gehen lassen.

Es ist nicht das erste Mal, daß Léa da sitzt, auf dem Platz
von Madame Andrée, und mit mir redet, nachdem sie mir
Tee gemacht hat, aber es ist das erste Mal, daß sie so von uns
redet. Von ihr und von mir. Von ihr vor allem. Die Arme

von Léa sind rund, und ich glaube, daß sie schön ist. Sie hat große dunkle Augen.

»Wenn Sie mit mir reden, dann sagen Sie mir immer nette Dinge. Das tut mir so gut.«

»Auch mir tut es gut, Léa. Und deshalb war es falsch von mir, sie Ihnen zu sagen.«

»Nein, Charles, es war nicht falsch von Ihnen. Sie sind sehr weise, und Ihre ruhige Art tut mir auch gut.«

»Verlassen Sie sich nicht auf die Gespräche, die wir zusammen führen, ich habe auch schreckliche Wutanfälle.«

»Wutanfälle? Ja, das stimmt... Trotzdem, ich fühle mich nur in Ihrer Nähe wohl.«

»Hören Sie, Léa, ich bin sehr gern hier in der Schneiderei, und ich möchte nicht eines Tages gehen müssen. Und wissen Sie, warum ich sehr gern hier bin? Weil Albert alles dafür tut. Wenn für die anderen keine Arbeit mehr da ist, dann gibt es immer noch welche für mich. Und wenn er liefern geht, dann weiß ich genau, daß er Sie bittet, mir ein bißchen Gesellschaft zu leisten, damit ich mich weniger allein fühle, so sehr vertraut er Ihnen und vertraut er mir. Und das ist ja sogar der Grund dafür, daß wir angefangen haben, miteinander zu reden. Albert will mir einen Gefallen tun und mir helfen zu leben, nur kann er es nicht sagen. Ich weiß nicht, wie ich Ihnen das erklären soll...«

»Aber mir sagt er auch nie Dinge, die mir guttun, und ich bin seine Frau. Ist es so kompliziert, seiner Frau zu sagen, daß man sie liebt? Ich brauche es, daß mir jemand sagt, daß er mich liebt.«

»Weil man so etwas sagt?«

»Es gibt welche, die es sagen.«

»Und das würde Ihnen genügen?«

»Es ist angenehm zu hören.«

»Es ist sicher angenehm zu hören, da Sie es sagen. Aber Sie müssen verstehen, Léa: Es gibt keine zwei Alberts. Es gibt nur einen. Und Albert ist so. Wissen Sie, ich glaube sogar, er kann die Sachen nicht sagen, gerade weil er sie macht. Erinnern Sie sich, wie der kleine Joseph gekommen ist, um den Bügler zu machen und Léon zu ersetzen, letzte Saison. Jeden Abend hat Albert fast eine Stunde am Bügeltisch verbracht, um die Arbeit von Joseph in Ordnung zu bringen. Und Joseph hat nie etwas erfahren. Niemand hat es ihm gesagt. Weder Albert noch die andern. Und das war wichtiger, als ihm zu sagen, daß er ihn gern mag, auch wenn Sie das Gegenteil glauben.«

Danach hat Schweigen geherrscht, wie schon mehrfach, seitdem Léa gekommen war, um mir das Glas Tee zu bringen. Wir waren uns im klaren, daß während dieses Schweigens das Gespräch zwischen Léa und mir in unseren Köpfen weiterging. Deshalb nahmen wir es nicht immer da auf, wo wir aufgehört hatten. Daß Léa nur so kommt, um sich da einen Moment hinzusetzen und zu schwätzen, das konnten wir immer machen, und es stimmt, daß mir das guttut. Aber nicht mit Hintergedanken. Solche Gedanken muß man lassen, wo sie sind. Leider gehen sie am Ende nicht immer von allein.

Da ich versuchte, mit meiner Arbeit an der Maschine fortzufahren, war es erneut Léa, die das Gespräch wieder aufgenommen hat.

»Ich kann mein Leben nicht leben, ohne zu wissen, ob ich geliebt werde. Und Albert liebt nicht mich, sondern die Familie.«

»Das ist das gleiche.«

»Nein. Das ist nicht mehr das gleiche.«

»Es ist nicht mehr das gleiche, und es ist noch immer das gleiche. Vor den Kindern gab es nur Sie. Ich weiß nicht, ob Albert es Ihnen gesagt hat, aber noch einmal, er brauchte es

Ihnen nicht zu sagen, um Sie zu lieben, und Sie stellten sich diese Frage nicht, und es war gut so. Aber seitdem Betty und Raphaël da sind und er außer Ihnen auch sie liebt, verlieren Sie den Kopf. Sie fordern, daß er mit Worten seine Liebe zu Ihnen beweist. Sie sagen, das, was er liebt, sei seine Familie? Ja, das ist richtig. Er liebt seine Familie. Aber verschwinden Sie aus seinem Leben, und Sie werden sehen, was von seiner Familie übrigbleibt. Albert wird dann nur noch eine kranke und wacklige Familie um sich haben.«

»Wollen Sie mich davon überzeugen, daß Albert ein gutes Familienoberhaupt ist? Ja, er ist ein gutes Familienoberhaupt. Und auch ein guter Vater. Ich habe nie das Gegenteil gesagt. Albert macht genau das, was gemacht werden muß. Das stimmt. Aber auch nicht mehr. Und mir fehlt gerade das Mehr. Charles, ich will, daß Sie verstehen, daß ich es nicht mehr ertragen kann, die Frau zu sein, die sich um ihren Mann und ihre Kinder kümmert. Ich kann es nicht mehr ertragen, für meinen Mann nur die vernünftige Frau zu sein, die ihre Pflicht als Frau erfüllt.«

»Und Sie, Ihrerseits?«

»Was, ich meinerseits?«

»Sie, für Albert?«

»Ich habe es Ihnen gesagt: Ich bin nicht glücklich, und ich muß glücklich sein, um zu lieben. Ich glaube aber, daß ich mit Albert glücklich gewesen bin. Bevor wir verheiratet waren, hat er mich manchmal auf der Straße geküßt, und ich war es, die nicht wollte, weil ich mich so vor allen Leuten ein bißchen geniert habe. Er machte mir auch Geschenke. Kleine Geschenke natürlich, weil er nicht viel Geld hatte. Eines Tages hat er, ohne mir davon etwas zu sagen, seiner Mutter in Polen geschrieben, damit sie mir eine große schwarze Stola mit farbigen Blumen kauft, wie man sie nur dort findet. Diese

Stola war fast die letzte Nachricht, die wir aus Polen erhalten haben, kurz vor dem Krieg. Nach der Befreiung habe ich sie der Dame geschenkt, die Betty und mich auf dem Land versteckt hatte... Ich glaube, ich bedaure es ein bißchen... ja, das war sicher falsch von mir, weil es das Geschenk war, das mir am meisten Freude gemacht hatte. Jetzt macht Albert mir keine Geschenke mehr. Er sagt, ich solle kaufen, worauf ich Lust habe. ›Ich arbeite gut‹, sagt er zu mir, ›also geh und kauf dir, was dir gefällt.‹«

»Und Sie kaufen, was Ihnen gefällt?«

»Manchmal. Aber ich weiß nicht einmal, ob er es bemerkt.«

Da ich wußte, daß Léa verstanden hatte, daß ich verstanden hatte, was sie mir sagen wollte, wußte ich, daß ich dieses Gespräch beenden mußte. Aber ich wußte nicht wie. Ich hatte Angst, ungeschickt zu sein, und fuhr blöde damit fort, an der Maschine zu arbeiten, ohne ein Wort zu sagen.

»Während des Krieges«, hat Léa das Gespräch wieder aufgenommen, »wäre es mir nicht in den Sinn gekommen, mich zu fragen, ob wir uns nicht mehr so lieben würden. Albert fehlte mir, und die Sorge nahm den ganzen Platz ein. Jetzt ist Albert da, und ich fühle, daß er sich von mir entfernt. Aber vielleicht bin ich es auch, die sich von ihm entfernt. Es ist so, als ob ich nicht mehr existieren würde. Ich fühle mich sehr allein. Sie, Sie sind natürlich wirklich allein, aber ich bin allein mit meinem Mann... Ich habe Angst, plötzlich zu altern, keine Lust mehr zu haben, zu kämpfen, um glücklich zu sein. Wenn ich denke, ›Aufs Glück verzichten‹, dann habe ich die meiste Angst, denn das ist das Ende von allem. Und vielleicht ist es diese Angst, die mich dazu treibt, das zu tun, was Sie für eine Torheit halten.«

Danach ist dann alles in meinem Kopf durcheinander geraten, weil Léa gesagt hat, was sie mir sagen wollte. Ich weiß nicht mehr, wie es ihr gelungen ist, es zu sagen, aber sie hat noch einmal gesagt, daß sie sich bei mir wohl fühlt. So wohl, daß sie wisse, daß ich sie glücklich machen würde, und noch andere Sachen, die ich nicht mehr verstand, weil ich dachte, ich müsse unbedingt meine Brillengläser putzen, so wenig sah ich nur noch. Und alle Fragen sind mir gleichzeitig eingefallen. Ist Léa wirklich die unglückliche Ehefrau, wie sie behauptet? Einen Mann und Kinder haben und unglücklich sein, was soll das heißen? Das hat überhaupt keinen Sinn! Und was soll das für ein Leben sein, das sie mit mir führen will? Und warum mit mir? Hat sie so großes Mitleid mit mir, daß sie ihre Ehe ruinieren will? Auch das hat überhaupt keinen Sinn. Sein Leben neu beginnen. Was soll das heißen, sein Leben neu beginnen? Sein Leben neu beginnen, wenn ein Leben noch dabei ist, gelebt zu werden! Fehlt Léa jemand, um ihr Leben neu beginnen zu wollen?

»Was ist los, Léa? Haben Sie Mitleid mit mir oder was? Sie wissen, daß ich wegen Albert nein sagen werde, denken Sie also, daß mich das tröstet, wenn ich weiß, daß eine junge Frau bereit ist, alles aufzugeben, ihre Familie zu opfern und ihr Leben mit mir neu zu beginnen? Ist es das? Sind Sie stolz auf Ihre Idee? Das ist nicht gut, was Sie da machen, Léa, das ist nicht gut.«

»Glauben Sie, daß ich wie jemand aussehe, der Mitleid hat? Es stimmt, daß Sie viel gelitten haben, und das erklärt sicherlich Ihre Wutanfälle und Ihr Schweigen, das mir so weh tut...«

»Suchen Sie nicht immer nach Entschuldigungen für diejenigen, die gelitten haben! Wir dürfen auch nicht alles, nur weil wir gelitten haben. Worauf haben dann die anderen ein Recht? Warum sollte Albert nicht das Recht auf Glück haben?«

»Ich rede mit Ihnen über mich, Charles. Über das, was ich fühle. Wenn ich sonntags durch die leere Schneiderei gehe, dann sehe ich immer auf Ihre Maschine, und mein Herz beginnt stärker zu klopfen. Auf diese Weise habe ich gemerkt, daß Sie mir fehlen… Wenn die Kinder abends schlafen gegangen sind, dann sagen wir uns oft nichts mehr, Albert und ich. Da denke ich auch an Sie. Ich weiß nicht, woran Albert denkt, aber vielleicht denkt der auch an jemand anders, ich weiß es nicht.«

»Man könnte meinen, Sie wünschten es?«

»Nein, nein. Das habe ich nicht gesagt. Es ist dumm, das zu sagen, aber ich bin noch eifersüchtig. Manchmal, abends, wenn ich abwasche… es ist mir unangenehm, Ihnen das zu sagen…«

Ich habe nichts getan, um Léa zum Weiterreden zu ermutigen, war aber froh, daß sie wieder von Albert erzählte. Und da es Dinge gibt, die sich leichter sagen, wenn man sich nicht in die Augen sehen muß, bin ich aufgestanden, um das Fallen eines Ärmels an der Schneiderpuppe zu überprüfen. Das Schweigen mußte für Léa noch unangenehmer sein, deshalb hat sie weitergeredet.

»Manchmal, wenn ich abwasche, stellt sich Albert hinter mich, um mich zu küssen. Ich sage ihm dann, daß die Kinder noch nicht schlafen, denn ich weiß nicht einmal, ob ich es bin, an die er in dem Moment denkt.«

»Er denkt an Sie, Léa, an Sie und an niemand anders.«

»Wieso sind Sie sich dessen so sicher?«

»Weil ich mir dessen sicher bin.«

Ich habe mich wieder hingesetzt, aber habe das Stück über der Schneiderpuppe gelassen. Weil ich bei dem, was ich Léa sagen wollte, nicht weiterarbeiten konnte.

»Hören Sie, Léa. Sie täuschen sich auf jeden Fall, was mich

angeht. Weil ich hier bin jeden Tag und Sie mich für zugänglich halten, verwandeln Sie mich in jemand anders. Ich verstehe nicht recht, von welchem Mann Sie träumen. Vielleicht gibt es ihn nicht einmal, und wenn es ihn gibt, dann ist es gewiß eher der, der gerade Zutaten bei Wasserman holt. Aber ich kann das nicht sein. Woran denken Sie, Léa? Wollen Sie Betty und Raphaël ihren Vater wegnehmen? Und Albert seine Kinder? Sehen Sie sich die Augen von Albert an, wenn er seinen Kindern zusieht, wie sie aus der Schule kommen. Sehen Sie sich die Augen lange an. Man muß das Glück zu erkennen wissen, wenn es da ist. Und es festzuhalten wissen, auch wenn man dafür kämpfen muß, bevor andere sich daranmachen, es zu zerstören. Wie können Sie denken, daß ich Albert seine Kinder wegnehmen könnte? Ich könnte ihm nie wieder ins Gesicht sehen, weder ihm noch den Kindern noch sonst irgend jemandem. Es würde mich für den Rest der Zeit, die mir zu leben bleibt, verrückt machen. Wenn Sie jetzt weiterreden möchten, reden Sie. Ich kann Sie nicht daran hindern. Aber hören Sie auf, an mich zu denken. Kümmern Sie sich nicht um meine Einsamkeit, um mein Glück, um mein Leben. Sie sind nicht ›Bonjour-Bonjour‹, um das Glück der ungebundenen Leute machen zu wollen. Sie sind Léa, Sie haben einen Mann und zwei Kinder, und ich bin nicht ungebunden. Ich bin beschäftigt. Ich bin beschäftigt mit meinen Erinnerungen... Sie träumen davon, in einem hübschen Haus zu leben, von Zerstreuungen und einem wunderbaren Mann, der Ihnen den lieben langen Tag sagt, daß er Sie liebt, und Sie glauben, diese Zärtlichkeiten könnte ich Ihnen sagen... Hören Sie, noch einmal, Léa. Ich bin sicher, daß dieses Gespräch nichts Gutes ist, weil es Sie zu weit geführt hat, aber da wir angefangen haben, muß ich Ihnen ein paar Sachen sagen: Sie fühlen sich allein, und Sie wollen, daß ein

Wunder geschieht. Erwarten Sie dieses Wunder nicht von mir. Ich bin nicht jemand, der Wunder vollbringt. Ich habe meine Frau nicht verlassen, und sie hat mich nicht verlassen. Man hat uns getrennt, das ist alles. Ich bin nicht allein. Wir haben zehn Jahre zusammengelebt. Ich habe Erinnerungen für mein ganzes Leben. Sie reichen mir aus. Es gibt kurzes Glück, es gibt langes Glück. Meines wird zehn Jahre gedauert haben. So, zehn Jahre: Das ist die Dauer meines Glücks. Das Glück, das wirkliche Glück, besteht, glaube ich, darin, die Chance und die Möglichkeit zu haben, ein ruhiges Leben zu führen. Wenn ich an die zehn Jahre mit meiner Frau denke, dann waren die großen Augenblicke der Ruhe, die wir gemeinsam erlebt haben, das genaue Bild vom Glück. Meine Vergangenheit reicht mir aus, um mir Gesellschaft zu leisten, und sie erfüllt mir mein Leben. Träumen Sie nicht davon, meine Frau zu sein, Léa. Ich bin kein Mann für die Zukunft. Ich lebe in der Gegenwart, weil sie mir erlaubt, mich zu erinnern, und wenn ich mich nicht erinnere, wer sollte sich erinnern? Versuchen Sie nicht, Ellas Platz einzunehmen. Versuchen Sie es nicht, weil sie nicht mehr da ist, um ihn zu verteidigen. Sie hat nur noch mich, um sie zu schützen.«

Léa saß auf dem Stuhl von Madame Andrée und wirkte ganz klein. Wie nicht anders zu erwarten, weinte sie, und ich weinte auch.

»Ich wollte Ihnen nur sagen, Léa, daß ich in Ruhe leben muß. Nur in Ruhe. Mein Leben ist jetzt so eingerichtet: in Ruhe. Und glauben Sie nicht, mir wäre Ihre Anwesenheit in der Schneiderei, wenn wir allein sind, gleichgültig. Sie macht mir den Nachmittag angenehmer, und das Glas Tee, das Sie mir bringen, wärmt mir stärker das Herz, als Sie glauben. Aber dieses ganze Gespräch ist unnötig, weil es nirgendwo hinführt, und weil es nirgendwo hinführt, muß es jetzt enden.«

»Glauben Sie, es war einfach, so zu reden, wie ich es getan habe? Glauben Sie, daß ich nicht schon seit Wochen und Wochen daran denke? Ich habe noch nie von einer Scheidung in meiner Familie gehört, und ich glaube, daß ich noch nie eine Scheidung bei Bekannten erlebt habe. Und ich weiß, daß die Scheidung eine Katastrophe ist. Also müssen Sie mir glauben, wenn ich Ihnen sage, daß ich mich sehr unglücklich fühle. Vielleicht habe ich mir zuviel erträumt, oder vielleicht habe ich zu jung geheiratet. Ich weiß es nicht. Aber ich würde gerne wissen, was man tun soll, wenn man Bauchschmerzen bekommt, weil ein Mann einen ansieht und man glaubt, das Herz hört auf zu schlagen, so stark schlägt es. Auch das war schwierig zu sagen, aber wenn ich es nicht jetzt getan hätte, dann hätte ich nie wieder den Mut dazu gehabt.«

»Sie sind verrückt, Léa… Oder vielleicht auch nicht. Aber Sie sind verrückt, mir das zu sagen. Deshalb ist es besser, wenn ich jetzt gehe. Aber vorher will ich Ihnen noch eine Geschichte erzählen: Es war, als Albert noch in Polen lebte, er war siebzehn. Er war eng befreundet mit einem Jungen in seinem Alter, und dieser Junge konnte, ohne daß man gewußt hätte, warum, seinen kleinen Bruder nicht leiden, der, glaube ich, dreizehn war. Albert litt darunter, wenn er sah, was der Ältere den Jüngeren alles erdulden ließ, und eines Tages hat er den Kleinen völlig grundlos mit aller Kraft geohrfeigt. Ja, den Kleinen. Der Ältere war zunächst sprachlos, und dann, völlig aufgebracht von dieser Tat, die er schrecklich ungerecht fand, hat er seinerseits Albert wild geohrfeigt, der sich nicht gewehrt hat. Sie haben nicht mehr miteinander geredet. Viele Jahre später haben sie sich in Paris wiedergetroffen. Das war kurz vor dem Krieg. Beide Brüder waren Partner im selben

Geschäft: Sie waren unzertrennlich geworden. Und noch ein paar Jahre später sind beide Brüder am selben Tag verhaftet worden und mit demselben Konvoi deportiert worden.«

»Albert hat mir die Geschichte nie erzählt.«

»Als er sie mir erzählt hat, weinte er. Und, sehen Sie, ich glaube, daß ich diese Geschichte jetzt besser verstehe, wo ich sie meinerseits wiederum erzählt habe. Als ob ich, indem ich sie laut erzähle, etwas verstehen würde, was ich noch nicht wußte. So. Das war alles. Jetzt kann ich, glaube ich, gehen. Wenn Albert fragt, warum ich die Arbeit nicht beendet habe, sagen Sie ihm... ich weiß nicht, sagen Sie ihm, was Sie wollen... Guten Abend, Léa.«

Auch Léa hat mir guten Abend gesagt. Als ich die Treppe hinunterging, stellte ich mir vor, wie sie allein in der Schneiderei blieb und noch einen Moment auf dem Platz von Madame Andrée saß, bevor sie sich entschloß, das leere Glas Tee wieder in die Küche zu bringen, auf dessen Boden wie gewöhnlich noch ein Rest schlecht umgerührter Erdbeermarmelade klebte.

»Paula, Paula«

»Was brauchst du jetzt ein Maßband? Willst du wissen, ob man mit dem Bügeleisen aus einer 42 eine 46 machen kann?«

Ich hatte mir das Maßband, das Monsieur Albert immer um den Hals hängen hat, nur ausgeliehen, um eine in eine Zeitschrift eingewickelte und mit einem Faden zusammengehaltene Schachtel zu messen, die Madame Paulette neben sich abgestellt hatte, als sie hereingekommen war.

»Zwanzig Zentimeter auf zwanzig! Genau die Größe einer Matzenschachtel. Wenn Sie sich schämen, auf der Straße mit einer Schachtel Matzen von Rosinski herumzulaufen, Madame Paulette, dann kaufen Sie lieber ein Baguette, das fällt weniger auf.«

»Sie halten sich wohl für besonders intelligent?«

Man kann nicht sagen, ich hätte mich für besonders intelligent gehalten. Aber ich habe es nicht gesagt. Ich habe es nicht gesagt, weil Madame Paulette mich ärgerte. Aber sie ärgerte mich nicht wie die Assimilierten, die doch an dem Tag aufgehört hatten, mich zu ärgern, an dem ich verstanden habe, daß sie sich nicht wirklich als Juden fühlten. Allerdings sind sie mir vertrauter geworden, seitdem sie zwischen dem gelben Stern, Drancy und dem Zug nach Osteuropa, das sie so verachteten, ihren Teil an Überraschungen abbekommen haben, oder besser, ich bin ihnen vertrauter geworden, denn diejenigen, die von dort zurückgekehrt sind, bleiben ganz gewiß bis ans Ende ihrer Tage Juden.

Aber Madame Paulette war nicht assimiliert. Der Matzen (auch wenn er in eine Zeitschrift eingewickelt war), ihr Akzent, ihre Anwesenheit in der Schneiderei bildeten eine ganze

Reihe Hindernisse auf dem Weg zur Assimilierung. Nein, viel einfacher, Madame Paulette ärgerte mich deswegen, weil ich den Eindruck hatte, daß die Jüdin in ihr sich dessen schämte.

Allerdings war ich weder zufrieden noch unzufrieden mit mir, als ich Monsieur Albert sein Maßband zurückgebracht habe, bevor ich wieder an meinen Bügeltisch zurückgekehrt bin.

Monsieur Albert behielt immer sein Maßband um den Hals, weil das eine Angewohnheit war, die er in der Zeit angenommen hatte, als er nur »nach Maß« gearbeitet hatte. Wie er schon bei Gelegenheit gesagt hatte: Als Schneider war Monsieur Albert nicht irgend jemand. Während des Krieges, als er im Auftrag von Monsieur Dumaillet arbeitete, dem Schneider aus der Rue de Sèvres, der ihn in einem Hausmädchenzimmer versteckt hielt, hatte Monsieur Albert in seiner Abgeschiedenheit viel freie Zeit, und diese Zeit hatte er damit verbracht, ein Schnittsystem zu erfinden, das auf zwei Seiten Platz fand und das ihm normalerweise in der Welt der Schnittsystemerfinder einen Platz an der Seite von Napolitano verschafft hätte, wenn er daran gedacht hätte, es zu veröffentlichen. Aber es war, wie Monsieur Albert sagte: »Mein System ist nur ein Hilfssystem, denn zusammengefaltet hat es Platz in einer Jackentasche.« Und er präzisierte, daß es nur zu verwenden sei, wenn alle anderen Systeme vollständig verschwunden wären. Monsieur Alberts System beruhte auf dem folgenden Prinzip: Damit ein Kleidungsstück gut fällt, muß es so zusammengeheftet sein, daß alle Heftnähte oder Abnäher zwangsläufig an bestimmten Stellen sitzen wie über der Brust, am Halsausschnitt, an der Schulter, entlang der Gürtellinie, unter der Ärmelkugel, am Oberarm usw. Monsieur Albert hatte auf einem Blatt Zahlen aneinandergereiht und eine Musterzeichnung angefertigt, die die Anordnung und Entfernungen zwischen diesen verschiedenen Punkten für die Größe 44 angaben, und auf einem anderen Blatt andere Zahlen und eine andere Musterzeichnung, um eine Methode zur Skalierung der anderen Größen zu schaffen. Auf dieser Basis konnte man alle gewünschten Modelle berechnen.

Wenn aber auch unglücklicherweise der größte Teil der Schneider während des Krieges eliminiert worden ist, so hat es gegeben, Gott zu Dank, doch einige Überlebende, die sich der traditionellen Schnittechniken erinnerten, und Monsieur Albert hat sein System zusammengefaltet in eine Schublade geräumt.

Und dennoch, auch wenn Monsieur Albert ein guter Schneider ist, wegen seiner Dankbarkeit gegenüber Monsieur Dumaillet hat der letzte Anzug, den er sich gemacht hat, kein Futter im Rücken.

Als Monsieur Dumaillet, der manchmal in der Schneiderei vorbeikommt, um Monsieur Albert und Madame Léa guten Tag zu sagen, ihnen erzählt hat, daß sein Sohn heiraten würde, hat Monsieur Albert spontan angeboten, als Hochzeitsgeschenk den Anzug des Vaters und den des Sohnes anzufertigen. Aber da die Dumaillets den Termin der Hochzeit festgelegt hatten, ohne jemanden zu fragen, fiel er selbstverständlich in die Hauptsaison. So daß Monsieur Albert wegen der zwei Anproben und trotz der Nächte, die er in der Schneiderei verbrachte, um die beiden versprochenen Anzüge fertigzustellen (unter uns, der Dreiteiler des Vaters war ein vollkommener Erfolg), nicht die Zeit hatte, seinen eigenen fertigzustellen.

»Stell dir vor«, hatte Madame Léa ein wenig verschämt gesagt, »ein Schneider mit einer Jacke ohne Futter!«

»Wer wird denn hineinsehen?« hatte Monsieur Albert geantwortet. Und er hat an der ganzen Feierlichkeit teilgenommen, ohne seine Jacke aufzuknöpfen.

Apropos Dumaillet: Weil ich ihn immer Du Mayer nannte, hatte Jacqueline felsenfest geglaubt, daß Monsieur Dumaillet Jude sei und daß Dumaillet nur der Name sei, den er während des Krieges angenommen und seitdem behalten habe.

»Aber Jacqueline«, habe ich zu ihr gesagt, »wenn er Jude gewesen wäre, hätte er sich nicht *du* Mayer genannt, sondern einfach nur Mayer.«

»Aber man sagt doch auch Baron *de* Rothschild.«

»Stimmt, Sie haben recht, nur ist Monsieur Dumaillet kein Baron.«

»Warum nennen Sie ihn dann immer du Mayer, wenn er weder Jude noch Baron ist?«

Ich erinnere mich nicht mehr, was ich genau geantwortet habe. Die Wahrheit ist, daß ich dachte, er hätte es verdient, so zu heißen wegen des Risikos, das er in Kauf genommen hatte, um Monsieur Albert während des Krieges zu helfen. Aber natürlich konnte ich das nicht sagen.

Monsieur Albert gibt sich nicht damit zufrieden, Maßanzüge für Monsieur Dumaillet und seinen Sohn zu schneidern. Von Zeit zu Zeit geht er, ausgerüstet mit seinem Maßband, einem Stück Kreide und einem Nadelkissen am Unterarm, in einen kleinen Raum vor der Schneiderei, wo die Stoffe lagern und der im allgemeinen der Kundschaft für die Maßschneiderei vorbehalten ist. Wie um sich für die Annahme zusätzlicher Arbeit zu entschuldigen, sagt er, das sei, um nicht aus der Übung zu kommen. Ich glaube, daß er das vor allem macht, um sich während der Sauregurkenzeit zu beschäftigen und uns nicht zusehen zu müssen, wie wir die paar Stücke machen, die für Wasserman zu liefern sind.

Die Maßschneiderei birgt manchmal auch Überraschungen. Eines Tages ist Monsieur Albert mit weit ausgebreiteten Armen aus dem kleinen Raum gekommen.

»Weißt du, was das ist, Léon? Das ist der Busenumfang einer Dame, die gerade hinausgegangen ist.«

»Haben Sie ihn mit Ihren Armen gemessen?«

»Chóchem!* Das ist der außergewöhnlichste Busen, dem ich je begegnet bin. Eine Amerikanerin. Ungefähr 160 Zentimeter.«

»Ungefähr? Arbeiten Sie jetzt im ›Ungefähr‹, Monsieur Albert? Und Ihr Maßband, wo haben Sie das hängen lassen?«

»Mein Maßband? Zu kurz. Als ich gesehen habe, daß es nicht ganz um den Busen herumging, habe ich nicht gewagt, die Stelle zu markieren, um das Stück zu messen, das noch fehlte. Ich habe Augenmaß genommen. Hat jemand hier schon einmal einen solchen Busen gesehen?«

Unwillkürlich ist Monsieur Alberts Blick auf Maurice haften geblieben, während er seine Frage stellte, und ich glaube, er muß gedacht haben, daß das eine Dummheit war, denn ohne eine Antwort abzuwarten, ist er an seinen Zuschneidetisch zurückgekehrt und hat sich vielleicht gesagt, daß Abramauschwitz in den letzten Jahren eher Leuten begegnet ist, die zu mehreren in ein Maßband paßten.

Um zu Madame Paulette zurückzukehren, sie nutzt die Zeitschriften nicht nur, um die Matzenschachteln einwickeln zu lassen. Sie liest sie auch. Danach redet sie von den Leuten der großen Welt, als ob sie sie kennen würde. Es kommt sogar vor, daß sie sie beim Vornamen nennt. Manchmal rede ich wie sie, um mich lustig zu machen: »Ach, sieh mal, Edith kommt ins ABC«*. Aber Madame Paulette merkt das nicht. Sie sagt »Ja, ich weiß«, und sie redet von der wahrscheinlich nächsten Heirat von Edith Piaf. Denn das ist es vor allem, was sie interessiert: Heiraten und Scheidungen.

Nach so langer Zeit sollten mir alle Angebereien von Madame Paulette egal sein, aber mich ärgert das. Bei ihr heißt es immer: »Weiß ich, habe ich schon gesehen, habe ich schon gelesen.« Aber ihre Spezialität ist: »Kenne ich.« Und manchmal fügt sie hinzu (vor allem, wenn sie sich an mich wendet): »Besser als Sie.« Und da kann ich mich nicht zurückhalten, mit ihr eine Diskussion anzufangen, um ihr einen Fehler nachzuweisen.

Einmal bin ich, um ihr eine Falle zu stellen, so weit gegangen, einen Namen zu erfinden, und habe erzählt, das sei ein neuer Schauspieler, mit einer ganzen Geschichte drumherum. Und als sie mir wieder einmal gesagt hat, daß sie ihn kennen würde, habe ich geglaubt, ich könnte triumphieren, indem ich meinen Betrug aufdeckte. Aber was hat Madame Paulette geantwortet? »Weiß ich, habe ich absichtlich gesagt.«

Madame Paulette kann nicht zugeben, daß ich recht haben könnte. Vor allem öfter als sie. Aber sie hat eine Entschuldigung: Sie weiß nicht genau, was »recht haben« ist. Sie kann nicht begreifen, daß »recht haben« darin besteht, Dinge nach den Kenntnissen, die man besitzt, oder nach dem gesunden Menschenverstand zu sagen. Sie glaubt, daß die Menschen im Leben der Reihe nach recht haben müssen, so wie man beim Bäcker Schlange gestanden hat, aber zusätzlich mit einem Vorrechtssystem, denn die Alten haben zwangsläufig häufiger recht als die Jungen. Und jedes Mal benutzt sie schließlich dasselbe Argument: »Warum wollen Sie immer recht haben?«

Und sie schiebt es auf meinen Charakter.

Ich muß einräumen, daß all diese Diskussionen nicht besonders interessant sind, aber wie sollen sie auch interessant sein, denn selbst wenn es mir gelingt, Madame Paulette bei einem Fehler zu ertappen, wirft sie mir ein gekünsteltes Lachen entgegen wie etwa »Hi-hi-hi!«, gegen das ich hilflos bin, denn was kann man auf ein gekünsteltes Lachen antworten. Für mich ist ein Lachen »Ha-ha-ha«! Aber für Madame Paulette nicht! Für sie ist es »Hi-hi-hi«! Das sind dann Momente, in denen sie mich derart ärgert, daß ich fast zehn Minuten beim Bügeln eines Stücks gewinne, und dann bin ich es, der die Diskussion beendet, weil man nicht zehn Minuten bei jedem Stück gewinnen kann, ohne daß man es der Qualität der Arbeit anmerkt.

Kinman, der Regisseur des Jiddischen Theaters, hat mir einmal gesagt, daß er in der Truppe am meisten an dem Tag aufpaßt, an dem die Rollen verteilt werden. Daß man dem Schauspieler keine Rolle geben darf, bei der er er selbst ist, sondern ihm die Lust und die Möglichkeit geben muß, jemand anders zu sein.

In die Exemplare mit den Stücken, die er inszeniert, hat er Sätze von Louis Jouvet hineingeschrieben, mit dem er lange Gespräche geführt hatte. Sätze, die ich behalten habe:

»Man macht Theater, weil man den Eindruck hat, niemals man selbst gewesen zu sein, und es endlich sein kann.«

Und außerdem:

»Der Schauspieler will vor sich fliehen, sich selbst verlassen, um sich auszuliefern, sich zu finden, sich zu entdecken, und er will das Mittelmaß fliehen, das Konventionelle, die unerträgliche Lüge seines Lebens.«

»Wenn du eines Tages ein Stück inszenierst«, hat mir Kinman auch gesagt, »dann gib dem Schauspieler eine Rolle, die er nicht erwartet, schließ ihn nicht in ein bestimmtes Rollenfach ein, und er wird gezwungen sein zu erfinden, zu beobachten, Vorstellungen zu entwickeln, und er wird die Überraschung erleben zu sehen – wenn es ein guter Schauspieler ist –, daß die Leute nicht aus einem einzigen Block gemacht sind.«

Daran habe ich nach einem Gespräch gedacht, das ich mit Monsieur Albert eines Tages geführt habe, als ich früh in die Schneiderei gekommen bin und gesehen habe, wie Madame Paulette sich heftig schneuzte. Es schien mir, als benutzte sie das als Vorwand, um ein paar Tränen wegzuwischen. Da es das erste Mal war, habe ich Monsieur Albert in einem Augenblick, in dem das möglich war, danach gefragt, denn wenn es etwas gab, was ich mir nicht vorstellen konnte, dann war es genau das: Madame Paulette mit Tränen.

»Die Tränen sind der einzige Vorrat, der nie ausgeht«, hat Monsieur Albert gesagt, und er hat mir die Geschichte von Madame Paulette erzählt:

»Ich kenne Madame Paulette seit vor dem Krieg. Wir arbeiteten in derselben Schneiderei, und damals bezahlte man nicht nach demselben System wie heute. Der Chef zahlte den Näher zwar pro Stück, so wie jetzt, aber für ein vollständig fertiggenähtes, gewendetes und gefüttertes Stück, und jeder Näher hatte seine eigene Fertigmacherin, der er einen Teil seines Lohnes gab. Und natürlich kam der Näher mit seiner Arbeit in Verzug, wenn die Fertigmacherin ihm nicht nachkam. Madame Paulette war gleichzeitig die Fertigmacherin und die Frau ihres Nähers, und aus Angst, daß Madame Paulette nicht schnell genug nachkam, sagte er ihr den lieben langen Tag: ›Paula, Paula‹, ohne den Kopf von der Maschine zu heben. (Paula ist ihr richtiger Vorname.) Ich glaube wirklich, daß wir ihn in der Schneiderei nie etwas anderes haben sagen hören als ›Paula, Paula‹. Wenn er einmal auf die Toilette ging, löste ihn die ganze Schneiderei ab, und wir wiederholten im Chor: ›Paula, Paula‹. Eines Tages hatten sie genug Geld, um sich selbständig zu machen. Aber sie haben keine Schneiderei aufgemacht. Sie haben sich ein Geschäft in der Rue de Passy oder der Rue de la Pompe zugelegt... Ich weiß nicht mehr genau, auf alle Fälle in dem Viertel da, und über das Geschäft haben sie schreiben lassen: ›Schnellbügelei. Jetzt gebracht – gleich gemacht‹. Seit dem Tag ist Paula zu Madame Paulette geworden, weil das eine Idee von ihr war. Da es ein Viertel mit einer schönen Kundschaft ist, lief das anfangs ganz gut. Es gab sogar Schauspieler, die wahrscheinlich in der Ecke gewohnt haben und die häufig auf die letzte Minute noch ein Kostüm für den Abend gebügelt haben mußten. Leute wie Pierre Richard Wilm oder Georges Grey hat sie, glaube ich, gesagt, die manchmal höchstpersönlich herkamen.

Und Madame Paulette, die an der Kasse saß und die Kundschaft empfing, hatte plötzlich in ihrem eigenen Geschäft leibhaftig Leute vor sich, die man sonst auf Photos in den Zeitschriften sah. Mit einem Mal ist sie größenwahnsinnig geworden und hat sich gedacht, wenn bekannte, wichtige Leute direkt mit ihr sprechen, dann deshalb, weil sie wirklich Madame Paulette geworden ist, und weil sie diesen wichtigen Personen bald gleichen würde, und sie glaubte sogar, daß auch sie selbst jemand Wichtiges werden würde.

Nur, ihr Mann im Hinterraum ist wie jemand geworden, der ein zweites Mal sein Schtetl verlassen hat. Deshalb kam er hin und wieder zu uns in die Schneiderei, um sich etwas Gutes zu tun. Aber für uns hatte sich das Arbeitssystem nicht verändert, jeder Näher versuchte, mit seiner Fertigmacherin jeden Tag eine größtmögliche Zahl von Stücken herauszubringen. Und zwangsläufig hatten wir nicht viel Zeit, mit ihm zu reden. So hat er sich angewöhnt, ein Café direkt hinter dem Carreau du Temple zu besuchen, in dem ein paar Juden den lieben langen Tag Karten spielten. Und da, weil man auf jiddisch über die internationale Lage redete, die begann sehr schlecht zu werden, fühlte sich der Mann von Madame Paulette wieder wie zu Hause. Nur, in der Rue de la Pompe hätte man nicht mehr ›Jetzt gebracht – gleich gemacht‹ schreiben sollen, sondern ›Jetzt gebracht – morgen gemacht‹ oder sogar noch später. Und trotz der Abende, an denen er die verlorene Zeit wieder einzuholen versuchte, wurden die Stars seltener, und das war es vor allem, was Madame Paulette wirklich unglücklich machte, und nicht das verdorbene Geschäft, wie es geheißen hat.«

»Und der Mann, was ist aus dem geworden? Ist er deportiert worden?«

»Nein, nein. Da es zwischen den beiden schlecht lief, hat er beschlossen, auf eigenen Füßen zu stehen, und ist mit dem Schiff nach Argentinien gefahren. Er hat gesagt, er würde ihr schreiben, um zu versuchen, sie nachkommen zu lassen.«

»Meiner Meinung nach hat er nicht geschrieben.«

»Meiner Meinung nach auch nicht. Aber was weiß man? Jedenfalls ist der Krieg gekommen. Inzwischen hatte Madame Paulette ihr Geschäft verkauft, und sie ist wieder Fertigmacherin geworden.«

»Und sie hat aufgehört, mit den Stars Umgang zu haben.«

»So ist es. Aber sie hat wirklich welche gekannt, auch wenn es nicht ganz so ist, wie sie sagt.«

»Kann man das nicht einfacher erklären? Sie redet immer davon, als ob sie damit angeben wollte.«

»Ja, das stimmt, manchmal gibt sie damit an. Wie ich dir ja gesagt habe: Das ist vielleicht der einzige Moment in ihrem Leben gewesen, in dem sie sich wichtig gefühlt hat. Und dann kann sie ja nicht anders, sonst müßte sie alles erzählen: ›Paula, Paula‹, die Kartenspiele, Argentinien und das alles. In Wirklichkeit, glaube ich, weiß Madame Paulette nicht mehr, wem sie wirklich in ihrem Geschäft begegnet ist. Und da sie immer die Zeitschriften liest, gibt sie sich der Illusion hin, noch immer berühmte Persönlichkeiten zu kennen.«

Nach dem Tag und auch wegen der Tränen, die sie mit ihrem Taschentuch weggewischt hat, habe ich beschlossen, Madame Paulette mit ihren Träumen in Ruhe leben zu lassen, und siehe da, da sagt sie mir einmal am Ende irgendeiner Diskussion, da ich meine Zeit mit Kritisieren verbrächte, hätte ich Kritisierer in einer Zeitung werden sollen.

»Kritiker, Madame Paulette, nicht Kritisierer. Kritiker. Aber wissen Sie, Madame Paulette«, habe ich geduldig gesagt, »es gibt nicht nur schlechte Kritiken, es gibt auch gute Kritiken. Man hört sogar manchmal, daß jemand sagt: ›Er verfaßte eine lobende Kritik des Stückes und des Bühnenbildes‹ oder etwas ähnliches. Und außerdem, wo soll ich denn die Zeit hernehmen, Kritiker zu sein? Ich bin ja schon Bügler *und* Schauspieler.«

»Hi, hi, hi.«

Na bitte. Sie fängt schon wieder an mit ihrem »Hi-hi-hi«.

»Wenn ein Jude eine Ohrfeige bekommt, macht er sich außerdem noch einen Feind«
(Jiddisches Sprichwort)

Wenn Sie noch nie einen Teddybären mit der Maschine genäht haben, dann können Sie sich rühmen, noch einmal davongekommen zu sein.

Ein Teddybär ist wie Pelz, aber er hat mit Pelz gar nichts zu tun. Und es reicht, die Haare überall in der Schneiderei umherfliegen zu sehen, wenn man ihn mit der Maschine näht, um zu merken, daß die Kürschner keine Angst vor Konkurrenz haben müssen.

»Was ist denn das für ein Stoff?« hat Jacqueline an dem Tag gefragt, an dem wir das erste Stück zusammengeheftet haben. »Da geht ja mehr in die Nase als auf eine Schaufel.«

»Ach so, das ist Stoff?« hat Léon gesagt.

Seine Stimme wurde bei dem Wort »Stoff« rauh.

»Der Teddybär ist diesen Winter sehr in Mode«, hat Monsieur Albert nur gesagt.

Das war die richtige Antwort, denn gegen die Mode konnte man nichts machen. Und da die Sauregurkenzeit immer pünktlich kommt, hatten wir es hinnehmen müssen, den Winter damit zu verbringen, Teddybärhaare fliegen zu sehen.

»Warum ist das ein englischer Name?« hat Jacqueline gefragt.

»Wegen Theodore Roosevelt«, hat Charles geantwortet.

Jacqueline hat die Ohren gespitzt:

»Der amerikanische Präsident?«

»Ja, aber der andere: sein Cousin.«

»Hat er den Stoff erfunden?« hat Jacqueline weiter gefragt.

Sogar Charles hat gelächelt. Denn das Schöne bei Jacqueline war, daß man über das, was sie sagte, lachen konnte, ohne daß sie jemals den Eindruck erweckte, man mache sich über sie lustig. Und da sowieso niemand in der Schneiderei den Bezug zu Roosevelt sah, war nicht recht einzusehen, warum man sich über Jacqueline hätte lustig machen sollen.

»Nein, er hat den Teddybären nicht erfunden«, hat Charles gesagt. »Aber Teddy ist die Koseform von Theodore, und da er ein großer Bärenjäger war, hat man ihn Teddy-Bear genannt. ›Bear‹ ist Englisch und heißt ›Bär‹.«

Charles' Kenntnisse stießen jedes Mal auf die Bewunderung aller. Das zeigte sich vor allem in den Blicken und dem darauf folgenden Schweigen. Und genau in das darauf folgende Schweigen hinein hat Madame Paulette gesagt: »Ah, ja, stimmt, wußte ich.«

Léon mußte sein Eisen abstellen, um ihr zu antworten.

Denn das war der Traum von Léon: daß Madame Paulette wenigstens einmal vor der ganzen Schneiderei ihre Unwissenheit zugeben würde. Aber er muß sich gefragt haben, wie er beweisen könnte, daß sie das, was sie zu wissen behauptete, nicht wußte, und um keine unnütze Diskussion zu beginnen, hat er es für klüger gehalten, weiterzubügeln. Nur, es war zu spät. Denn wir sahen Léon sehr gut an, daß die Antwort von Madame Paulette ihm den Spaß verdorben hatte, den Charles gemacht hatte.

All das um Ihnen zu sagen, daß man uns, Charles und mich, wegen des Teddybären zu der Zeit jeden Morgen schon an der Maschine sah, bevor die anderen ihren Platz in der Schneiderei einnahmen.

Ich habe bereits gesagt, daß Charles selten an den Diskussionen teilnahm. Aber morgens, wenn wir noch allein sind und uns so direkt gegenübersitzen, dann reden wir manchmal ein bißchen.

Als ich vor ein paar Tagen in die Schneiderei gekommen bin, war auch Léon schon da. Während er darauf wartete, daß sein Bügeleisen heiß wurde, war er mit Charles in eine Diskussion über einen Artikel im *Franc-Tireur* geraten, den Léon jeden Morgen kaufte und weit auf seinem Bügeltisch ausbreitete.

Drei Kollaborateure, Journalisten bei *Je suis partout,* waren kurz zuvor verurteilt worden.* Ihr Prozeß hatte eine Woche gedauert, und ein Journalist des *Franc-Tireur* fand es ungerecht, daß zwei von ihnen wegen dem, was sie geschrieben hatten, zum Tode verurteilt worden waren, wo doch manche höheren Offiziere nur geringe Strafen bekommen hatten. Léon schien mit dem Artikel einverstanden zu sein, nicht aber Charles.

»Es gibt Federhalter«, sagte Charles, »die größere Schuld tragen als Gewehre. Wenn ein Soldat oder ein Milizionär Juden und Widerstandskämpfer festgenommen und getötet hat, dann ist er schuldig, das ist richtig, und man muß ihn verurteilen, denn sitzt er einmal im Gefängnis, ist er nicht mehr gefährlich. Aber die Journalisten von *Je suis partout* tragen noch größere Schuld, weil sie gefährlicher sind. Wegen ihrer Artikel haben die Milizionäre sich freiwillig gemeldet. Weil sie geschrieben haben: ›Tod den Juden‹, hat die Polizei Tausende verhaftet. Kennst du viele, die protestiert haben? Glaubst du, es hätte so viele denunzierte Juden gegeben, wenn die Franzosen nicht gelesen hätten, was in ihren Zeitungen gestanden hat? Ich habe überhaupt kein Mitleid gehabt, als Brasillach hingerichtet worden ist.* Und ich werde auch keines haben, wenn Rebatet seinerseits im Fort von Montrouge hingerichtet wird. Ich werde keines haben, weil ihr Gedankengut wie Gift ist. Es geht leider weiterhin um. Auch nach ihrem Tod.«*

»Ich habe nie gesagt, daß ich Mitleid hätte«, hat Léon geantwortet, während er die Temperatur seines Eisens prüfte. »Ich habe nur gesagt, daß sie kein Blut an den Händen hätten.«

»Aber sie haben ja Blut an den Händen. Sie haben es, weil sie verantwortlich sind. Ein Intellektueller ist jemand Verantwortliches. Er ist der erste Verantwortliche …«

Wir hörten, wie in der Küche von Madame Léa das Radio anging. Damit endete die Diskussion, weil die Fertigmacherinnen bald kommen würden und noch kein einziges Stück aus der Maschine gekommen war. Doch so oder so wird in der Schneiderei schließlich jede unterbrochene Diskussion wieder aufgenommen. Vor allem mit Léon. Die Gelegenheit, sie wieder aufzunehmen, hat er am selben Tag erhalten, als wir, er und ich, runtergegangen sind, um an der Ecke Rue Saint-Claude einen Kaffee zu trinken. Während er den Zucker in seiner Tasse umgerührt hat, hat er gedankenlos zur Theke gesehen, und plötzlich ist er ganz blaß geworden.

»Stimmt was nicht?«

»Mit dem Typen da war ich im Gefängnis«, hat Léon gesagt, ohne die Augen von der Theke abzuwenden.

»Im Gefängnis?«

Ich bin Léons Blick gefolgt: An der Theke lehnte ein Mann, der aber nicht gerade wie ein Jude aussah, und trank sein Bier aus.

»Ja. Nicht lange. Einen Tag. Aber das hat gereicht. Den da, den vergesse ich nie: Das ist ein Faschist.«

Der Mann hat das Café verlassen, ohne uns zu bemerken. Als ich mich wieder zu Léon umgedreht habe, versuchte er, seinen Kaffee zu trinken. Aber seine Hand zitterte zu stark. So hat er seine Tasse hingestellt und hat erzählt:

»Das war kurz bevor Sie in die Schneiderei gekommen sind. 45, im April 45. Es hat vor der Rue des Guillemites 3 angefangen, hinter der Rue des Francs-Bourgeois. Da war ein Typ, der sich trotz einer Ausweisungsverfügung weigerte, einem Juden, der gerade von der Deportation zurückgekommen war, dessen Wohnung zu überlassen. Schon einmal hatte sich ein Gerichtsvollzieher in Begleitung eines Polizisten zurückziehen müssen vor einer organisierten Bande, die von dem Besetzer alarmiert worden war. Und auch dieses Mal haben etwa dreißig Faschisten, trotz der Anwesenheit eines Polizeibusses in der Straße, den Auszug verhindert, und haben mit Typen, die fast von überall her kamen, sofort eine antisemitische Demonstration organisiert. Sie waren vielleicht fünfhundert in der Rue Vieille-du-Temple und schrien: ›Frankreich den Franzosen! Tod den Juden!‹ Sie wurden von einem Oberleutnant in Uniform angeführt und griffen jeden Juden an, den sie erkannten.«

»Ich wußte nicht, daß die Franzosen wie die Polen sind: daß sie einen Juden erkennen können.«

»Sie hatten Zeit gehabt, es zu lernen. Die da auf jeden Fall.«

»Aber ich verstehe nicht, waren die Milizionäre bei der Befreiung nicht verhaftet wurden?«

»Nicht alle«, hat Léon schnell geantwortet, »deswegen war ich heute morgen auch nicht einverstanden mit Charles. Die Faschisten sind zum Schlimmsten fähig. Frankreich war befreit, es wurde bereits in den Straßen von Berlin gekämpft, und da, mitten in Paris, schrien Faschisten schon wieder: ›Tod den Juden!‹ In ihren Köpfen hatte sich, weil viele frei waren, nämlich nichts wirklich geändert. Man darf nicht vergessen, daß zu der Zeit die Prozesse von Pétain und Laval noch nicht stattgefunden hatten. Erst letzten Monat sind die Nazikriegsverbrecher im Nürnberger Prozeß verurteilt worden, und auch da noch nicht alle.«

»Aber das gibt doch eher Charles recht, was das Gedankengut angeht, das weiterhin...«

»Das gibt uns beiden recht. Die Schuldigen müssen bestraft werden. Nicht unbedingt diejenigen, die ›Tod den Juden!‹ geschrien haben, denn wenn die alle verhaftet werden müßten... Auch nicht, um sich zu rächen, selbst wenn das guttut. Aber wenn die Schuldigen in Freiheit sind, wofür, bitte, sind dann die Toten gestorben? Für nichts?«

»Aber die Polizei, hat die an dem Tag nicht eingegriffen?«

»Doch, aber erst danach. Zunächst haben wir im Viertel rasch erfahren, was sich tat. Wir haben die Demonstranten in der Rue du Roi-de-Sicile getroffen, und es hat eine richtige Straßenschlacht gegeben. Diejenigen, die behaupteten, die Juden seien zu feige zum Kämpfen, haben bedauern müssen, es auch nur gedacht zu haben. Als ich ankam, waren zwei Schweinehunde dabei, einen alten Juden, der hingefallen war und am Boden lag, mit Fußtritten zu traktieren. Ich habe geglaubt, ich werde verrückt. Ich hatte die ersten Photos aus den Lagern gesehen – ich erzähle Ihnen nichts Neues –, und was sich vor mir abspielte, war für mich das gleiche. Ich habe mir seitdem oft gesagt, daß, wenn ich an jenem Tag den Revolver in der Hand gehabt hätte, den man mir in der Résistance gegeben hat, dann hätte ich sie umbringen können. Ich habe noch auf sie eingeschlagen, als die Polizisten mich festgenommen haben.«

»Aber warum waren Sie es, die verhaftet wurden?«

»Warum? Aus Gewohnheit sicherlich. Und dann – sie haben nicht hingesehen, sie haben eine Partie aus uns allen gemacht. Und das Komischste war, Maurice, daß mehr Juden verhaftet worden sind als Faschisten. Und der, der da gerade rausgegangen ist, ist einer der Faschisten, der mit mir auf dem Polizeirevier war.«

Die Kälte ist in meinen Körper gedrungen, und ich habe meine Hände in die Hosentaschen gesteckt wie jedes Mal, wenn ich diese Kälte spüre. Da glaubt man, nichts mehr lernen zu müssen, und in dieser freien und fast friedlichen Welt, in die ich schließlich gekommen bin, existiert der Faschismus noch immer und gibt sich nicht einmal Mühe, sich zu verbergen. Ich lernte gleichzeitig, daß meine Anwesenheit in dem Café ein Irrtum war, daß ich mich sicher nie dort hätte aufhalten sollen. Und ich sah nicht einmal Jacqueline, die aus der Schneiderei heruntergekommen war und mir gegenüberstand und mit mir redete. Und ich verstand nichts von dem, was sie mir sagte, und nichts von dem, was sie von mir wollte. Erst nach einem Moment habe ich verstanden, daß sie uns holen kam, weil, wie sie sagte, wenn Léon und ich beschlossen hätten, im Café zu bleiben, um zu diskutieren, dann würden sie, Madame Andrée und Madame Paulette bald Däumchen drehen, und was das Däumchendrehen angehe, so könne sie das genausogut bei sich zu Hause wie in der Schneiderei.

An jenem Nachmittag sind die Teddybärhaare in der Schneiderei von Monsieur Albert noch heftiger geflogen.

Von dieser Geschichte habe ich noch nicht alles erzählt, denn man kann sagen, daß sie eine Fortsetzung hat.

Die Fortsetzung habe ich durch Zufall erfahren, und, zum Teil auch, wiederum durch Léon. Der Zufall bestand darin, daß ich ein paar Tage nach der Café-Geschichte Charles begegnet bin, der ein Hotel in der Rue de Turbigo betrat. Das »Paris-France Hotel«. Ich war überrascht, denn als ich in der Schneiderei angefangen hatte, hatte ich in etwa verstanden, daß Charles, gedrängt von Monsieur Albert, am Ende eines schwierigen Prozesses die Rückgabe der Wohnung erlangt hatte, die er vor dem Krieg mit seiner Frau und seinen Kindern bewohnte.

Und Léon hatte mir erzählt, daß im Anschluß an die Verordnungen über die Wiederinbesitznahme von Wohnungen durch ein überlebendes Mitglied einer deportierten Familie mehrere Vereinigungen gegründet worden waren.

»Keine jüdischen Vereinigungen«, hatte Léon präzisiert, »sondern faschistische Bündnisse, die weder verstanden noch akzeptiert hatten, daß Juden zurückgekommen waren. Und gegen die ›Ansprüche‹ dieser Juden, in ihre vier Wände zurückzukehren, haben sie die ›Renaissance du foyer français‹ und die ›Fédération des locataires de bonne foi‹* gegründet, die ihren Sitz in der Rue de Lancry 10 hatte.«

»In der Rue de Lancry 10? Da, wo der Jüdische Kulturbund war?«

»Jawohl, Monsieur, genau da«, hat Léon mit jiddischem Akzent gesagt.

»Aber warum ausgerechnet da?«

»Das habe ich nie erfahren. Und weil sie noch andere Demonstrationen veranstaltet haben, immer mit demselben Programm: Frankreich den Franzosen, die Juden in die Verbrennungsöfen und so weiter, hat es Durchsuchungen am Sitz dieser Organisationen gegeben, und die Polizei hat Listen von Stoßtruppmannschaften gefunden, die vorbereitet worden waren, um gewaltsam eingreifen zu können. So sind diese Organisationen schließlich aufgelöst worden.«

»Und ihre Mitglieder, was ist aus denen geworden?«

»Man begegnet ihnen manchmal in den Cafés, wo sie ein deutsches Bier trinken«, hat Léon lächelnd geantwortet.

Ich habe keine Fragen mehr gestellt. Léon hat von sich aus wieder von Charles erzählt.

»Zu Anfang, als Charles noch sagte, daß er vielleicht versuchen sollte, seine Wohnung wiederzubekommen, hatte Monsieur Albert verstanden, daß er es nicht tun würde. Er hatte mir gesagt, er denke, daß das bedeute, daß Charles vielleicht aufgehört hatte, an die Rückkehr seiner Familie zu glauben. Weil er wußte, daß Charles nicht allein gehen würde, waren sie gemeinsam zur Geschäftsstelle der UJRE* in der Rue Saintonge gegangen, und ein Anwalt hatte sich um die Angelegenheit gekümmert. Es hat eine Weile gedauert, aber schließlich hatte Charles seine Wohnung wieder. Nur hat der Besitzer 8.800 Francs Miete bekommen als Entschädigung für die Zeit, in der Charles woanders ›gewohnt‹ hatte.«

»Aber das Hotel?«

»Das ist das Hotel, in dem sich Charles nach der Befreiung einquartiert hat und das sich natürlich genau gegenüber seiner Wohnung befindet. Er sagte sich wahrscheinlich, daß er von dort aus das Kommen und Gehen in dem Gebäude besser beobachten könnte… Eine Rückkehr abpassen könnte… Und dann ist er schließlich in dem Hotel wohnen geblieben, das ihn sechzig Francs am Tag kostet.«

»Und seine Wohnung?«

»Die ist immer noch da, leer, ohne Vorhänge an den Fenstern. Aber der Besitzer kann nichts machen, denn Charles zahlt regelmäßig die Miete für seine Wohnung. Ich gehe manchmal durch die Rue de Turbigo, weil sich in der Nähe seines Hauses eine Kurzwarenhandlung befindet, aber ich wage nicht, den Kopf zu den Fenstern des Hotels zu heben. Ich habe zu große Angst davor, Charles am Fenster seines Zimmers zu sehen, wie er auf ein Lebenszeichen in der zweiten Etage des Hauses gegenüber lauert.«

Eines Tages, ich weiß nicht mehr, worum es ging, hatte mich Jacqueline gefragt: »Wenn ein Kind stirbt, was macht man dann mit seinen Sachen?«

Ich habe nichts geantwortet. Wie soll jemand wie ich wissen, was man mit den Sachen eines Kindes macht, wenn es zu Hause stirbt?

Eine komische Nummer

Am ersten Tag haben wir uns nur unsere Namen gesagt.

»Wie heißt du?«

»Maurice.«

»Ich heiße Simone.«

Und das war ungefähr alles gewesen.

Sie stellte keine Fragen. So mußte ich keine Geschichten erfinden. Wenn ich redete, war's gut. Wenn nicht, war's auch gut. Auch sie erzählte mir nichts von ihren Geschichten. Ich glaube, das hat unsere Bindung verstärkt.

Mehrere Monate lang ging ich jeden Sonntagvormittag zu ihr. Ich gab ihr Geld, weil das ihr Beruf war. Ich legte es auf einen kleinen Tisch neben dem Bett, da ich wußte, daß man das so machte, wenn man den Preis einmal kannte. Während ich mich wieder anzog, blieb sie ausgestreckt liegen, Laken und Decke bis zum Kinn. Ich fand es schön, so wegzugehen, von ihr, die jedes Mal im Bett liegen blieb.

Simone war nicht die erste, die ich kennengelernt habe.

Es war kurz nach meiner Ankunft in Paris. Ich suchte eine Stelle als Näher bei einer Adresse, die man mir gegeben hatte. Die Stelle war schon vergeben, aber ich habe mir den Namen der Straße gut gemerkt. Es ist die Straße, in der die Mädchen auf und ab gehen. Und erst als ich dann bei Monsieur Albert an der Maschine saß, bin ich in die Rue Saint-Denis zurückgekehrt.

Anfangs habe ich häufig gewechselt. Man kann sogar sagen, daß ich jedes Mal wechselte. Warum ich gewechselt habe? Ich glaube nicht, daß ich es wirklich erklären könnte. Vereinfacht gesagt, wollte ich mich nicht in Schwierigkeiten bringen.

Simone war rothaarig. Ich hatte mir gesagt: »Warum nicht eine Rothaarige?«

Am Sonntag darauf, als ich wieder an ihr vorbeikam, hat sie einfach meine Hand genommen. Ich habe nicht versucht, zu diskutieren, und ich bin mitgegangen.

Dieses Mal hatte sie ein Nachthemd mit schmalen Trägern angehabt, damit ich ihre Schultern sehe. Sie hatte sich ins Bett gelegt, und dann hatte sie die Decke hochgehoben. Ich bin an ihre Seite geschlüpft.

Normalerweise legte sie danach nur meinen Kopf auf ihre Brust.

Einmal war ich, mit dem Kopf die ganze Zeit auf ihrer Brust, für mehr als eine Stunde eingeschlafen. Ich glaube, daß sie darauf gewartet hat, daß ich von allein aufwache. Oder vielleicht hat sie sich bewegt. Bevor ich gegangen bin, habe ich ein bißchen mehr Geld als gewöhnlich auf den kleinen Tisch gelegt. Ich hatte Angst, daß sie sich am nächsten Sonntag dafür bedanken würde, aber sie hat nichts gesagt.

So hat sie mehrere Monate lang meinen Rücken mit ihrem Körper gewärmt.

Und dann ist der Tag gekommen, an dem sie mir, während sie ihre Hand auf meinen linken Arm legte, gesagt hat: »Du bist aber eine komische Nummer!«, und da ich nicht verstand, hat sie, ohne meinen Arm loszulassen, meinen Hemdsärmel hochgezogen.

Dreißig Sekunden lang herrschte Schweigen, während ich sie ansah, und sie mußte die Sache erklären. Sie hatte in der Staatslotterie die Zahlen gespielt, die man mir auf den Unterarm tätowiert hatte, und sie hatte verloren. Da sie mich mochte, hatte sie sich gesagt, daß ihr das Glück bringen würde, aber das war nicht der Fall gewesen. Sie hatte sich getäuscht: Man hatte mir nicht die richtige Nummer gegeben.

Ich habe ihr währenddessen nur zugehört. Ich saß auf ihrem Bett, noch nicht ganz ausgezogen. Ich habe ihr den Rücken zugewandt und saß nach vorn gebeugt, wie um den Kopf in die Hände zu stützen. Aber ich habe begonnen, die Knöpfe meiner Hemdsärmel wieder zuzuknöpfen und habe meine Hose wieder genommen, die über der Rückenlehne des Stuhles hing. Ich sagte mir, daß ich nur aufstehen, mich anziehen und aus ihrem Zimmer gehen müsse. Nur nicht reden.

»Ziehst du dich wieder an? Was ist denn mit dir los? Warum sagst du nichts?«

Ich spürte, wie sie sich hinter mir im Bett aufrichtete, während ich meine Hose anzog.

»Gehst du, ohne was zu sagen? Du wirst doch wenigstens nicht gehen, ohne was zu sagen? Aber ein für allemal, was hast du nur im Kopf? Wenn du willst, daß die Leute aufhören, Mist zu reden, dann mußt du vielleicht ein bißchen mehr reden! Man kann doch sein Leben nicht damit verbringen, melancholisch zu sein! Hörst du mir wenigstens zu?«

Und weil sie eine richtige Vorstellung vom Leben hatte, hat sie mir einen Kaffee angeboten.

Ich hätte beinahe ja gesagt, und deshalb habe ich mich fast nach draußen gedrängt. Ich wollte ihr viel Erfolg und wirklich viel Glück wünschen, aber ich habe nichts gesagt. Was ich im Kopf habe, will nicht immer rauskommen, also bin ich es, der rausgeht. Ich sage nicht, daß das gut ist, es ist einfach nur so.

Erst als ich draußen war, ist mir eingefallen, daß ich vergessen hatte, ihr das Geld zu geben. Aber ich glaube, sie hätte es abgelehnt. Das ist mir eingefallen, weil sie auch gesagt hatte, daß ich nicht jedes Recht hätte, nur weil ich zahlte, und ich hatte in dem Moment Angst, daß sie mir plötzlich all die Geschichten erzählt, die sie mir bis dahin nicht erzählt hatte.

Auf der Treppe hätte ich am liebsten geheult. Auch auf der Straße hätte ich am liebsten geheult. Aber ich konnte mich doch nicht gegen eine Mauer lehnen, bei all den Leuten, die vorbeikamen. Da bin ich zu mir nach Hause gegangen.

Ausgestreckt auf meinem Bett habe ich noch immer an Simone gedacht. Und dann habe ich an Madame Himmelfarb gedacht. Und erst, als ich angefangen habe, an sie zu denken, hat der Kummer schließlich die Oberhand gewonnen.

Es war 1934, gegen Ende des Sommers, als meine Mutter sich darum kümmerte, eine Stelle als Schneider für mich zu finden.

Ich war gerade vierzehn geworden, das Alter, in dem man mit der Lehre anfing. Häufig geschah das in der Werkstatt des Vaters. Aber mein Vater war Schuster, und meine Mutter mochte sich überhaupt nicht vorstellen, wie ich meinerseits auf einem niedrigen Hocker sitze, mit den schmutzigen Schuhen der Juden aus Szydlowiec in den Händen. Außerdem konnte sie es nie mitansehen, wie mein Vater regelmäßig eine Handvoll Flachkopfnägel in den Mund nahm. Er fand es wesentlich praktischer, sie mit Hilfe seiner Zunge einen nach dem anderen, die Spitze in den Mund gerichtet, an seine Lippen zu befördern, als sie tief unten in der großen Kartonschachtel zu suchen, die er einmal im Monat bei einem Großhändler in Radom kaufte.

»Mein Mund ist eine dritte Hand«, sagte er oft zu meiner Mutter.

»Die Kunden verstehen nie, was du ihnen sagst, mit deinem Mund voller Nägel.«

»Sie verstehen sehr gut«, antwortete mein Vater und preßte

144

die Zähne zusammen, um die Flachkopfnägel nicht aus dem Mund fallen zu lassen.

Jedenfalls waren alle beide eher dafür, daß ich Schneider werden sollte. Mein Vater, weil schon sein Vater Schuster gewesen war und er fand, damit sei es genug. Meine Mutter, weil sie zu große Angst vor der Vorstellung hatte, jedes Mal zu den Ärzten zu laufen, wenn ich einen Nagel verschlucken würde, und so hatte sie schließlich am anderen Ende der Stadt einen Schneider gefunden, der mich gern als Lehrling nehmen wollte.

Es fehlte nicht an Schneidern, die näher von zu Hause gewesen wären. Aber bei den meisten war ein Lehrling dazu da, sich zunächst um die Kinder des Hauses zu kümmern, sie in den Chéjder* zu bringen und die Werkstatt zu fegen. Wenn danach noch Zeit blieb und sich der Lehrling wirklich für den Beruf interessierte, dann konnte er den andern immer noch beim Arbeiten zusehen, aber ohne viele Fragen zu stellen, damit er diejenigen, deren größte Sorge darin bestand, ihren Lebensunterhalt zu verdienen, nicht störte.

»Maurice soll mit einem Herren-Fingerhut in seiner Größe kommen, den Rest bekommt er in der Schneiderei.«

Und am Tag nach Kippur habe ich auf einem Arbeitsschemel, den rechten Fuß auf das linke Knie gestützt, den Fingerhut fest auf den Finger gesteckt, in der Schneiderei von Monsieur Himmelfarb gesessen, um meine ersten Stiche zu lernen.

Ich hatte gerade erst eine Stunde so gesessen, als Madame Himmelfarb gekommen ist und sich auf einen Schemel genau mir gegenüber gesetzt hat. Ich werde gleich sagen, wie schön sie war, aber vorher – denn das wird noch wichtig sein – muß ich erzählen, daß ihr Schemel höher als meiner war, er war zwei Sprossen hoch.

Den ersten Blick habe ich auf Madame Himmelfarb geworfen, als ich sie sagen hörte: »Guten Tag, Mójsche.« Ich habe mir gedacht, daß ich ihre Begrüßung erwidern sollte, und das habe ich getan.

Danach wagte ich es fast nicht mehr, sie anzusehen, eben weil sie so schön war und auch, natürlich, weil ich fleißig nähen wollte, so wie Monsieur Himmelfarb es mir gezeigt hatte. Er hatte mir gesagt, ich solle zunächst den Kreuzstich üben, weil das ein sehr wichtiger Stich in der Maßschneiderei sei. Dabei muß man am Rand des Stoffes nähen und mit der Nadel nur die Schußfäden des darunterliegenden Stoffes aufnehmen. Ich machte das mit weißem Heftgarn, und da der Stoff schwarz war, sah man sofort, ob meine Stiche zu groß waren oder nicht.

Ich habe gesagt, ich würde sagen, wie schön Madame Himmelfarb war, aber sie war so schön, wie Worte es nicht sagen können. Es gab ganz viele Einzelheiten, die ich nie vergessen habe, wie ihre schwarzen Augen, die so schwarz waren, wie ich noch nie welche gesehen hatte. Ich möchte, ich würde gerne noch von ihren glänzenden Augen, ihren leicht feuchten Lippen und ihrer Haut erzählen, die sicher ganz zart war, aber ich werde es nicht können, weil ich etwas wie einen Schmerz verspüre, so sehr klopft mir noch immer das Herz.

Und dort, gegenüber von Madame Himmelfarb, bin ich in die Lehre gegangen.

Morgens kam sie immer kurz nach meiner Ankunft, um sich auf ihren Schemel zu setzen, weil sie sich vorher noch um ein Baby kümmern mußte. Eine kleine Tochter. Und erst wenn ein junges Mädchen zu ihrer Hilfe kam, durchquerte sie den kurzen Flur, der die Wohnung von der Schneiderei trennte. Dort machte sie die Arbeit, die ihr Mann für sie vorbereitet hatte.

Jetzt wird der Schemel von Madame Himmelfarb wichtig.

Sobald in der Maßschneiderei ein Teil eines Kleidungsstückes nur mit der Hand genäht werden kann, legt man es
sich auf die Knie. Er, Monsieur Himmelfarb, saß auf dem Zuschneidetisch, halb im Schneidersitz. Das heißt, ein Bein ange-
winkelt unter ihm, das andere baumelte im Leeren. Sie, Madame Himmelfarb, stützte ihre Fersen auf die oberste Sprosse
ihres Schemels, um ruhigere Knie zu haben. So daß jedesmal,
wenn sie von ihrem Schemel heruntersteigen wollte, erst der
eine und dann der andere Fuß den Boden berührten.

An meinem dritten Tag in der Schneiderei, als ich es wagte,
die Augen von meiner Arbeit zu heben, habe ich, gerade bevor ihr zweites Bein dem ersten folgte, geglaubt zu sehen, daß
meine schöne Chefin keinen Schlüpfer trug. Ich habe gesagt:
»habe ich geglaubt«, denn am Nachmittag, als ich natürlich jedes Herabsteigen von ihrem Schemel belauerte, habe ich –
zweimal – gesehen, daß Madame Himmelfarb einen weißen
Schlüpfer trug. Aber das war bereits viel für einen vierzehn-
jährigen Jungen, denn ich habe – beide Male – sofort eine
schreckliche Schwellung unter meinem Hosenschlitz verspürt.
Eine Schwellung, die nicht mehr aufhören wollte, so daß ich
den Stoff, auf dem ich weiter kleine Stiche übte, über meinen
Schoß ziehen mußte. Ich zitterte fast bei der Vorstellung, mein
Meister könne mich um etwas bitten, was mich zwingen
würde aufzustehen. Die Scham, die ich darüber empfunden
hätte, hat meine gewaltige Erregung abklingen lassen.

Am nächsten Morgen habe ich wirklich gesehen: Madame
Himmelfarb trug wirklich keinen Schlüpfer. Zum ersten Mal
sah ich diese Sache aus so großer Nähe. Meine Hände haben
angefangen zu zittern. Ich schaffte es nicht mehr, die Nadel
richtig zu halten oder die Kreuzstiche so zu machen, wie der
Meister es mir beigebracht hatte. Ich mußte auf die Toilette
fast rennen, die sich, wie in fast allen Häusern von Szydlo-

wiec, auf halber Treppe befand. Ich habe meine Hose aufgeknöpft und der Strahl ist an die Mauer geklatscht. Noch nie hatte ich ihn so weit geschickt. Genügend beruhigt, um meine Arbeit wieder ungefähr normal aufzunehmen, bin ich wieder nach oben gegangen, aber vor Angst, mich übereilt wieder zur Toilette hinunterstürzen zu sehen, habe ich nicht mehr gewagt, die Augen zu Madame Himmelfarb zu heben, wenn sie von ihrem Schemel herabstieg.

Am Nachmittag trug sie erneut einen weißen Schlüpfer. Dennoch hat mich das nicht daran gehindert, in Erinnerung an das, was ich am Morgen gesehen hatte, auf die Toilette zu rennen.

Noch heute sehe ich, wenn ich an die Räumlichkeiten meiner Lehrzeit zurückdenke, die Toilette, wo ich so viele Momente mit dem Rücken zur Wand verbracht habe, ebenso deutlich vor mir wie die Schneiderei von Monsieur Himmelfarb. Denn am nächsten Tag und an den folgenden Tagen habe ich mit derselben Verwirrung dasselbe flüchtige Bild gesehen.

Zu Anfang hatte ich angesichts des fragenden und besorgten Blicks meines Meisters mehrere Male Bauchschmerzen vorgegeben. Aber nach einiger Zeit gelang es mir, es so schnell zu machen, daß die Dauer meiner Aufenthalte auf der Toilette vollkommen normal erschien.

Das ist jetzt ein Dutzend Jahre her und, ich weiß nicht, wie ich es sagen soll, ich habe eine so präzise und hartnäckige Erinnerung an das heiße Bild von Madame Himmelfarb, an ihre Füße, die sich einer nach dem anderen auf den Boden stellten, an ihre schwarzen Augen, an ihren Pelz, der mir so zart schien, daß mich die Erinnerung daran noch immer begleitet, jedes Mal, wenn ich die Gelegenheit habe, die Nacktheit einer Frau zu entdecken.

Einmal – und noch heute geniere ich mich ein wenig, es zu erzählen, so blöd fand ich mich – ist die schöne Madame Himmelfarb, nachdem sie mir beim Hereinkommen wie gewöhnlich »Guten Tag, Mójsche« gesagt hatte, direkt zu ihrem Mann gegangen, der wie immer im Raum nebenan arbeitete – dort, wo der Zuschneidetisch und die Nähmaschine standen. Unwillkürlich bin ich ihr mit dem Blick gefolgt, und ich hatte mich gerade wieder über meine Arbeit gebeugt – Gimpenknopflöcher, die ich offenbar sehr gut machte –, als mich ein kurzes, unterdrücktes Kichern den Kopf heben ließ. Durch die offene Tür, die die beiden Räume der Schneiderei trennte, habe ich gesehen, wie die Hand von Monsieur Himmelfarb unter den Rock seiner Frau glitt. Unmöglich, das Knopfloch zu beenden. Das Zittern, das plötzlich meine Hände packte, machte mir jede präzise Arbeit unmöglich. Wie am ersten Tag war die Erregung, die mich ergriffen hatte, fast schmerzhaft, und auch diesmal wußte ich, daß mich nur die Übung, die ich regelmäßig eine halbe Etage tiefer absolvierte, beruhigen konnte.

Ich hatte den Eindruck, daß mein Geschlecht noch nie so hart gewesen war, und mit geschlossenen Augen, um mich besser an das Paradies erinnern zu können, hatte ich gerade begonnen, als ich ein Plumps im Wasser hörte. Stutzig geworden, beugte ich mich vor: Gerade rechtzeitig, um in der Tiefe des Loches den Fingerhut verschwinden zu sehen, den ich in der Eile vergessen hatte abzuziehen.

Deshalb habe ich nicht beendet, weshalb ich hergekommen war. Es war vorbei. Ich mußte nun überlegen, wie ich da oben erzählen würde, daß mein Fingerhut in die Tiefe der Toilette gefallen war. Vor allem vor Madame Himmelfarb. Ohne den Mut, sie anzusehen, habe ich vage gestammelt, daß mein Fingerhut aus der Tasche gefallen sei, als ich meine

Hose heruntergelassen hätte, und daß ich nicht mehr die Zeit gehabt hätte, ihn aufzufangen. Monsieur Himmelfarb ist fast geplatzt vor Lachen, und er hat die Schublade seiner Nähmaschine geöffnet.

»Da«, hat er zu mir gesagt und mir einen Fingerhut hingehalten, »nimm den da. Er müßte deine Größe haben. Das ist der, den mein Vater mir gekauft hat, als ich den Beruf erlernt habe. Versuch, ihn nicht zu verlieren, so kannst du ihn dann auch verschenken, wenn du deinerseits einen Lehrling hast.«

Diesen Fingerhut habe ich nie verschenkt. Ich habe ihn in dem Zug verloren, der uns alle weggebracht hat, als die Deutschen mit Unterstützung der polnischen Polizei die Juden von Szydlowiec verhaftet haben.

ZWEITER TEIL

»Man glaubt, man faßt sich an die Stirn, aber es ist die Stirn,
die wie eine Verrückte der Hand hinterherläuft.«
Pierre Dumayet

»Wie gern würde ich zum Kind zurückkehren!
Es wußte alles im vorhinein – und deshalb weinte es.«
Jean Tardieu
(La Première Personne du singulier)

Auszüge aus dem Tagebuch von Raphaël
(1981–1982)

Es ist jetzt vierzehn Tage her, daß Nathan auf dem Friedhof von Montparnasse begraben worden ist. Ein paar Zeilen in der Rubrik »Todesfälle« von *Le Monde,* und der Friedhof von Montparnasse ist an jenem Tag zu dem Ort geworden, an dem sich seine Freunde getroffen haben. Es war drei Uhr nachmittags. Es war sehr heiß.

Nathan ist an der Auschwitz-Krankheit gestorben.

Um ins Gedächtnis zu rufen, wer er war – und für diejenigen, die an seinem Begräbnis teilnahmen, war er jemand Wichtiges –, waren ein paar Freunde mit Reden gekommen.

Man erinnerte daran, daß er ein politischer Aktivist war, dem das Geschick der Welt keine Ruhe gelassen hatte, daß er bei allen fortschrittlichen Kämpfen der Nachkriegszeit dabeigewesen war. Man redete von seinem Engagement in der Kommunistischen Partei.

Andere charakterisierten ihn als einen empörten Menschen. Es hieß auch, daß er einen angeborenen Gerechtigkeitssinn hatte – was stimmte –, und daß er einen tiefen Sinn für Humor hatte – was auch stimmte, aber so einfach war es nicht. Man zeigte sich überrascht, erstaunt, als ob der Tod ihn plötzlich ereilt hätte, dem Leben entrissen hätte, und vergaß, daß er bereits so viel mit dem Tod zu tun gehabt hatte. Man vergaß vor allem, daß er mit sechzehn Jahren deportiert worden war, und davon nie genesen ist.

In den Reden sparte man aus, was unerklärlich schien, wie seine hartnäckige Weigerung, nach Deutschland zu fahren, in jenes Deutschland, das er 1943 in einem verplombten Waggon durchquert hatte. Eine zurückhaltende, aber nie ganz besänftigte Wut bewirkte, daß er sich stets weigerte, einen Fuß dorthin zu setzen. Er hatte die Lager gekannt, den Stacheldraht, den Hunger, die Erniedrigung. Die Gaskammern und die Verbrennungsöfen. Er hatte das Unvergeßliche erlebt, aber davon sprach er natürlich nie.

Zu Anfang, als er begann, sich zu engagieren, schrieb er kämpferische Artikel, in denen er sich mit der Geschichte maß. Die Geschichte hat ihm unrecht gegeben, weil sie die Stärkere ist, und dennoch war er es, der recht hatte.

Er schrieb nur noch über Tagesgeschehnisse und sprach nur vom Flüchtigen, Vergänglichen. Aber genau dieses Flüchtige war für ihn unerläßlich.

Diese Welt, hatte er gesagt, kann man nicht verändern.

Blieb die Treue zu seinen unvergeßlichen Gefährten.

Lange Zeit hatten wir geglaubt, daß er das Buch schreiben würde, das gerade davon Zeugnis ablegen würde, wovon er nicht sprach. Trotz der Bitten hat er es nie geschrieben. Er fand es natürlicher, uns Robert Antelme, Primo Levi oder Vladimir Jankélévitsch zu empfehlen.

Eines Abends, im Théâtre Récamier, bei einer der seltenen Aufführungen von *And die Musik* durch die Pip Simmons Group, ist mir aufgefallen, daß mehrere Freunde bei derselben Aufführung waren. Ich erfuhr dann, daß sie, genau wie ich, aufgrund eines überzeugenden Anrufs von Nathan dorthin gekommen waren.

Viele von ihnen waren auf dem Friedhof von Montparnasse anwesend.

Warum waren wir da so zahlreich, wenn er nicht wußte, daß wir da waren? Um zu sagen, daß wir ihn lieben? Um die Leute sagen zu hören, was sie zu sagen hatten? Zweifellos ist alles so geschehen, wie es nötig war, und die Worte waren freundschaftlich gemeint, aber das, was gesagt wurde, hätte zu seinen Lebzeiten gesagt werden können.

Von Nathan werden wir nur noch in der Vergangenheitsform reden.

Ich habe mir vorgestellt, wie ich mit dem wiederhergestellten Nathan die Straßen von Ménilmontant durchstreife. Vor etwa zwölf Jahren waren wir dort gemeinsam spazierengegangen, als wir aus der östlichen Banlieue zurückgekommen waren – ich hatte ein paar Photos für einen Artikel gemacht, den er schreiben sollte – und das Auto in der Nähe der Metrostation Couronnes gelassen hatten, um zu Fuß zur Rue Piat zu gehen, wo er vor dem Krieg gewohnt hatte. Er war seit langer Zeit nicht mehr in diese Straße zurückgekehrt. Sie war, wie viele Straßen des Viertels, vom Abriß bedroht. Eigenartigerweise war es ein Gedicht von Raymond Queneau, das ihn alarmiert hatte. Nathan las regelmäßig Queneau. Noch nie war ich jemandem begegnet, der so viele Gedichte auswendig kannte wie er, und wenig später, als ich ihn vor dem Haus photographierte, in dem er die ersten Jahre seiner Kindheit bis zur Deportation seiner Eltern verbracht hatte, rezitierte er mit der Zigarette im Schnabel: »Adieu, du runde Erde – adieu ihr grünen Bäume – ins Grab ich gehe – begrüße dort die Würmer.« Ich habe Idiot zu ihm gesagt und das Photo gemacht. Asche war auf seine Jacke gefallen.

Zu zweit hatte er etwas mehr Mut, diesen Straßen zu trotzen, sie zu durchsuchen, sie zu erforschen, gleichzeitig ängstlich und neugierig, unruhig und gerührt, sich die Geschäfte ins Gedächtnis rufend, die Einfahrtstore aufstoßend, durch die ein Stückchen einer Durchfahrt und eines Gartens sichtbar wurde, Bruchstücke vertrauter Räume, immer in der Hoffnung, so schien es, für einen Augenblick etwas wiederzuentdecken, von dem er selbst nicht recht wußte, was, etwas nicht Faßbares und Hartnäckiges zugleich.

Diesen Besuch hatte Nathan, als wir im »Repos de la Montagne«, einem weinroten Bistro am Fuß der Treppe der Rue Vilin, einen Kaffee tranken, praktisch mit einem Wort zusammengefaßt: »Die Straße ist dufte!«

Ich bin häufig in diese Straßen gekommen, die Nathan mich zu seiner Verwunderung durchstreifen sah, als seien es die meinen. Dort habe ich praktisch meine ersten Photographien gemacht. Besessen von meinen Bezugspunkten, erzählte ich Nathan, daß das »Repos de la Montagne« in den fünfziger Jahren von Willy Ronis photographiert worden sei, und daß in dem Haus ein wenig weiter unten auf derselben Straßenseite, das mit den geschlossenen Fensterläden, Madame Rayda wohne, eine Kartenlegerin, die wiederum Robert Doisneau photographiert habe.

Oberhalb der Treppe der Rue Vilin befindet sich eine kleine Kreuzung, von der aus man vielleicht die schönste Aussicht über Paris hat. Dort, fast an die Balustrade geklebt, gab es eine schöne ockergelbe Bäckerei, in die Nathan gegangen war, um eine Tafel Schokolade zu kaufen. Während er mit unbeschreiblichem Genuß hineinbiß, hatte ich die Aufzählung meiner Bezugspunkte fortgesetzt und ihm gesagt, daß dort, genau an der Stelle, an der wir stehengeblieben waren, Simone Signoret in *Casque d'or* eine Droschke hatte anhalten lassen, um Serge Reggiani wiederzusehen, einen Tischlergesellen bei einem Gaston Modot, der echter war als in Wirklichkeit.

»Und dort«, hatte mir Nathan geantwortet, »am Ende der Rue Piat, gibt es noch immer die Treppe, die ich hinaufgegangen bin, um in die Vorschule direkt auf der anderen Seite der Rue des Couronnes zu gehen. Beim Hinaufsteigen der Stufen habe ich zählen gelernt: Es sind genau 91.«

Ich habe ihn sich erinnern lassen.

Ich habe ein altes, geschlossenes Café ohne Licht photographiert und zwei Häuser mit blinden Fassaden. An einem der beiden ein Hinweis auf die Abrißfreigabe. Ich habe noch ein paar Photos an der Schwelle eines dritten, schon abgerissenen gemacht, dessen Trümmer bereits mit wilden Gräsern und Schutt bedeckt waren, darunter eine alte, rostige Drahtmatratze. Hinten, dort, wo einmal ein Hof gewesen sein mußte, direkt auf die Wand geschrieben und noch lesbar die Aufschrift WC, gefolgt von einem Pfeil. Und genau da, voll Respekt vor den Gepflogenheiten, pinkelte ein Clochard an die Wand. Trotz des anekdotischen Charakters der Szene – und wie oft hatte ich mir gesagt, daß man einen Bogen um das Pittoreske machen sollte – habe ich nicht widerstehen können: Klick! Nathan neben mir hat gelächelt und wiederholt, daß die Straße ganz entschieden dufte sei.

Ich habe noch Innenwände photographiert, die zum Teil mit verwaschenen Blumentapeten bedeckt waren, mit Spuren von Kaminen und mit kleinen blau-weißen Rautenkacheln, die ganz genau die Stelle einer Küche angaben.

Die Straßen sind heute zu dreiviertel abgerissen, und Nathan hatte wenig Lust gehabt, dorthin zurückzukehren. Die Hacke der Abbrucharbeiter wird uns einholen, hatte er prophezeit.

Es bleiben ein paar Photographien von Nathan, wie er von einem Trottoir zum anderen die Straßen von Ménilmontant durchstreift. Von nun an erzählen sie von seiner Abwesenheit.

Später, als ich mir beim Ordnen – bei einer dieser Einordnungsaktionen, die nie vollkommen befriedigen, die aber manchmal angenehme Überraschungen bereithalten – die Photographien ansah, all diese Photographien, kam der Klick, der meine Arbeit veränderte oder, besser gesagt, der ihr eine Richtung gab. Dieser Klick kam so plötzlich, daß er eine Art Lähmung bewirkte, die so stark war, daß ich viele Wochen lang nicht eine einzige Photographie gemacht habe, jedesmal danach suchte, wie man nicht mehr das photographieren kann, was existiert, sondern das, was verschwunden ist, denn, so schien mir, es ist das Fehlende, das sehen läßt.

Einige Zeit später habe ich in Polen, auf dem jüdischen Friedhof von Radom, auf dem alle Grabsteine fehlten und dadurch, so weit das Auge reichte, klaffende Löcher zu sehen waren, vielleicht zum ersten Mal endlich genau das ausführen oder, einfacher gesagt, machen können, was ich beim Photographieren machen wollte.

Was diese Leere enthielt und was durch die Photographie zutage gebracht wurde, war das frühere Leben der polnischen Juden.

Während dieser Zeit der Lähmung habe ich begonnen, Aufzeichnungen zu machen. Um der Mutlosigkeit nicht nachzugeben. Allerdings keine Rede davon, ein »Tagebuch« zu führen. Vor allem keine Rede davon, die Photographie, und sei es nur zeitweilig, durch das Schreiben zu ersetzen. Also keine Tinte, diese Art Schritt in Richtung Gedrucktes, sondern regelmäßig gespitzte schwarze Bleistifte »Conté HB«.

Bis dahin beschränkte ich mich bei den Photographien darauf, nur Archivierungsangaben zu notieren – diesmal mit Tinte –, indem ich das Motiv, den Ort, das Datum, die Uhrzeit, wenn ich sie für wichtig hielt, und das Objektiv vermerkte, das aber nur selten, denn da ich weder das Weitwinkel noch die Teleobjektive mag, verwende ich meist dasselbe.

Gut, ich schreibe. Aber ich schreibe nicht, egal, was passiert, und auch nicht über alles, was mir passiert.

Aufzeichnungen also, die letzten Endes nur wenige Dinge aus meinem Leben enthalten und die, ich kann es nicht besser sagen, direkt neben den Photos liegen, die ich machen könnte. Die Wörter, die ich aneinanderreihe (Ereignisse oder Erinnerungen), genau wie die Schritte, die ich mache, wenn ich ohne genaues Ziel in Paris umherlaufe, helfen mir jedes Mal dabei, die Wege der Photographie wiederzufinden.

So lauere ich nicht auf die Fortschritte, die ich beim Schreiben machen könnte, auch wenn ich manchmal dem Akt des Schreibens in die Falle gehe und in ein Wörterbuch sehe, etwas ausstreiche, neu schreibe, meinen Bleistift spitze, einen Punkt setze, einen Absatz mache.

Unter den Freunden, die zum Begräbnis von Nathan zusammengekommen waren, war ein ganz junger Mann, der die Klammer dieser gemeinsamen Vergangenheit schloß. Er hatte sich direkt neben den Sarg gestellt, den Anwesenden gegenüber wie auf dem anderen Ufer eines Flusses. Er hatte ein Cello im Arm. Und er redete:

»Ich habe Nathan nicht sehr gut gekannt. Ich habe ihn nur einige Male gesehen, wenn er zu meinen Eltern zum Abendessen kam. So habe ich an ihn nur ein paar Erinnerungsfetzen. Was von ihm ausging, war so stark, daß ich versuchte, jedes Mal dazusein, wenn er kam. Da zu sein, nur um ihm zuzuhören. Und er redete doch so wenig... Eines Abends war er etwas früher gekommen, und ich war gerade dabei, zerstreut ein jiddisches Wiegenlied zu üben. Nathan hatte sich genähert, um zuzuhören. Er hatte mir ein Zeichen gegeben, weiterzuspielen. Als ich eingeschüchtert aufhörte, hat er mir nur gesagt, daß er glücklich wäre, dieses Wiegenlied, das er sehr liebe, eines Tages zu hören, wenn ich es gut spielen könnte. Ich habe ein wenig dumm gedacht, daß er das nur aus Freundlichkeit sage, um mir Mut zu machen. So habe ich das Wiegenlied nicht sofort gelernt, wie es hätte sein müssen. Erst als ich erfahren habe, daß Nathan krank sei, habe ich mich darangemacht, es richtig zu erarbeiten. Aber es war zu spät. Nathan war bereits zu krank, um noch zu uns zu kommen und damit ich ihm das Wiegenlied vorspiele, wie er mich gebeten hatte. So kann ich mich heute nur hier neben ihn setzen und für euch dieses jiddische Wiegenlied spielen. Ich glaube, das hätte ihm Freude bereitet. Der Refrain endet jedes Mal mit: ›Schlaf, kleiner Jude, schlaf.‹ Es heißt ›Róshinkess mit mandlen‹ ... Ich wollte auch noch sagen, daß ich diese paar Worte gern auf jiddisch gesagt hätte. Weil das die Sprache der Zeit war, in der auch er mit seinen Eltern lebte ... die Sprache der Zeit, in der er vollständig lebendig war. Aber das kann ich nicht.«

Nathan bekam seine Rede auf jiddisch: Über die Lippen derer, die sich erinnerten, kamen ein paar Zeilen des Wiegenliedes: »Unter Jideless wigele ... Stejt a klor-wajss zigele ... Doss wet sejn dajn baruf ... Róshinkess mit mandlen ... Schlof she, Jidele, schlof ...«

Diejenigen, die nicht verstanden, hörten den Worten zu, und der Kummer konnte sich endlich ausbreiten. Danach haben wir die Rosen ins Grab geworfen.

Es hat keine Photographie des toten Nathan gegeben. Es hat auch niemanden gegeben, der eines Tages sagen wird: »Seht euch die Gesichter an, Nathan ist gestorben, und die Photographien erzählen von dem Kummer, den sein Tod hervorgerufen hat.«

★

Ich habe das Gedicht von Queneau wiedergefunden, das Nathan alarmiert hatte. Es handelt sich um »Ilot insalubre«, »Baufälliger Häuserblock«, aus dem Band *Courir les rues,* Editions Gallimard 1967.

> »*Bekanntmachung einer Ausschreibung*
> *Abrißarbeiten*
> *Baufälliger Häuserblock Nr. 7*
> *(Nur die Kriege bringen*
> *Abrisse nicht baufälliger Häuserblöcke hervor)*
> *Das fragliche Atoll ruht inmitten der Rue des Couronnes*
> *der Rue Julien-Lacroix*
> *der Rue d'Eupatoria der Rue de la Mare und der Passage*
> *Notre-Dame-de-Lacroix*
> *Muß mir das ansehen, bevor alles verschwindet.*«

Nathan ist also hingegangen, um sich *das anzusehen, bevor alles verschwindet.*

★

Kann man alles photographieren? Man kann doch wohl nicht alles photographieren? Hätte ich das Begräbnis von Nathan photographieren können? Photos machen können, die stimmen? Und was hätte ein anderer Photograph photographiert, der zufällig vorbeigekommen wäre und niemanden gekannt hätte? Was hätte er von unserem Kummer gezeigt? Oder

161

hätte er es vielleicht machen können, gerade weil er niemanden kannte? Falls nicht, auf welche Weise auf beiden Seiten gleichzeitig sein? In dem Ereignis sein, es erleben, und es im gleichen Moment ansehen, es auf dem Film festhalten?

Die großen Photos, die starken Photos, die vom Tod erzählen, sind Kriegsphotos, Photos, die von einem gewaltsamen Tod erzählen.

Wenn man die Namen der Opfer kennt, die mit dem Gesicht zu den Sternen auf dem Boden ruhen, und die Namen ihrer Kinder, wenn man die Frau kennt, die den Leichnam ihres Mannes während eines Bürgerkrieges entdeckt, und das verhungerte Kind bei seiner toten Mutter, hört man dann nicht augenblicklich auf, Photograph zu sein? Um also nicht aufzuhören, Photograph zu sein, hält man nicht inne, man rückt mit den Schreien vor, man läßt seine Empfindungen hinter sich und macht weiter starke Photos, die vielleicht von den Unglücken der Welt Zeugnis ablegen.

Was den Tod angeht, die Darstellung eines schlichten Todes, so erinnere ich mich nur des Portraits, das Claude Monet von seiner Frau Camille auf ihrem Totenbett anfertigte. Er bekannte sich erst viel später in einem Brief an Clemenceau dazu:

»... daß ich mich eines Tages dabei ertappte, wie ich am Bett einer Toten, die mir sehr teuer war und auch teuer blieb, die Augen auf die schreckliche Schläfe richtete und dabei versuchte, die Abfolge, das allmähliche Fortschreiten des Verfalls der Farben, die der Tod dem unbeweglichen Gesicht aufzwang, herauszufinden.«

Im Angesicht seiner toten Frau hat Monet sich nicht daran hindern können, zum Pinsel zu greifen. Nicht um sich ihrer besser zu erinnern, sondern weil die Analyse der Farben für ihn eine ständige Beschäftigung war. Sie war stärker als sein

Kummer. Weil Claude Monet nie aufgehört hat, ein Maler zu sein, hat er aus dem Tod seiner Frau ein Kunstwerk gemacht, das an den Wänden der Museen hängen kann.

★

Ich blättere nochmals in dem großen Photoband über Robert Capa. Ich verweile auch dieses Mal wieder vor einer Photographie, die ich ganz besonders mag. Aber jetzt will ich wissen, warum ich dieses Photo so mag. Was zeigt es? Es zeigt uns drei kleine Mädchen. Zwei von ihnen geben einem amerikanischen Soldaten die Hand. Das dritte sieht ihn intensiv an.

Alles, was diese Photographie erzählt und was dazu führt, daß man an ihr hängen bleibt, liegt in den vier Blicken.

Die Unterschrift lautet: »London, Januar/Februar 1943. Ein amerikanischer Soldat mit von seiner Einheit ›adoptierten‹ Kriegswaisen.«

Ich sehe das Photo mit den Gedanken, die die Unterschrift in mir auslöst, noch einmal an.

Die kleinen Mädchen tragen die gleichen Schnürschuhe, ihre Mäntel gleichen sich, und sie haben die gleichen Kleidchen an, die vorne bis ganz oben geknöpft sind. Ihre Kleidung, genau wie die Uniform des Soldaten, macht sie kenntlich.

Bei dieser Photographie könnte man von ihrer Komposition in Form eines Dreiecks sprechen, dessen Spitze das Gesicht des Soldaten wäre und dessen Basis nicht von der Linie der Füße gebildet würde, sondern vor allem von der Linie der Hände.

Was da geschieht, folgt ganz genau den Seiten des Dreiecks:

163

Das kleine Mädchen, das niemandem die Hand gibt und das sich ganz rechts von dem Soldaten befindet, dem sie all ihre Sehnsucht nach Zuneigung entgegenstreckt, und das kleine Mädchen, das links von dem Soldaten steht, das ihm so kräftig die Hand schüttelt, weil er woanders hinsieht, und dessen kleine verkrampfte Hand ihr Lächeln Lügen straft, schließlich das kleine Mädchen, das, beruhigt durch den Blick, den ihm der Soldat zuwirft, und von der Hand, die die seine umfaßt, dem Photographen zulächeln kann – diese drei kleinen Mädchen erzählen uns hinter ihrem vertrauensvollen Lächeln vom Verlust ihrer Eltern.

Wenn ich diese Betrachtung vor etwa zwölf Jahren vorgenommen hätte, zu einem Zeitpunkt, als Photographieren keinen großen Sinn für mich mehr zu haben schien, hätte sie mir ungemein bei der Ausübung meines Berufes geholfen.

Ich nehme mir vor, neu zu beginnen.

*

Ich erinnere mich – ich muß zwölf Jahre alt gewesen sein –, daß ich eines Nachts aufgestanden bin, um mir in der Küche ein Glas Wasser zu holen. Auf der Anrichte im Eßzimmer brannte in einem Aluminiumbecher eine Kerze. Ich habe geglaubt, sie sei vergessen worden und es sei richtig von mir, sie auszumachen. Ich wußte aber, daß sie angezündet worden war, zum Gedenken an den Todestag des Vaters und des jüngeren Bruders meiner Mutter (der vermutliche Tag, da sie deportiert worden waren). Am Morgen hat meine Mutter mir nur gesagt, ich hätte sie nicht ausmachen dürfen. Ich wäre lieber bestraft worden. Ich sehe noch ihren verwunderten Blick. Und ihre Trauer. Ich sehe noch all ihre Bewegungen mit außerordentlicher Genauigkeit: Sie holt die große Schachtel mit Streichhölzern, die immer neben dem Herd liegt. Sie steht aufrecht, fast an das Buffet gelehnt, und wendet mir den Rücken zu. Sie beugt sich über die Kerze. Sie umgibt sie mit einer Art warmherzigem Schutz. Die Wand wird von der flackernden Flamme erhellt. Meine Mutter bleibt einen langen Augenblick neben ihr stehen. Sie trägt eine naturfarbene, handgestrickte Wolljacke, unter der zwei schmale Stoffbänder mit aufgedruckten Blumen zu sehen sind, die vom Knoten ihrer Schürze herabhängen. Ich glaube, sie weinte.

An diesem Tag habe ich die Trauer um meinen Großvater und meinen Onkel mütterlicherseits wirklich empfunden, obwohl ich sie doch nicht gekannt hatte.

★

An den Wänden der Geschäftsstelle der UJRE in der Rue du Paradis 14 sind antisemitische Parolen entdeckt worden. Ein Anruf von Anna – sie selbst wurde von der Hausmeisterin des Gebäudes darüber informiert – teilt es mir mit. Sie fragt mich, ob ich Zeit hätte, ein paar Photographien zu machen. Zehn Minuten später, nachdem ich meine Post geholt habe, fahre ich mit dem Moped den Boulevard Magenta hinauf. Unter den Briefen ist auch eine Karte aus Australien. Sie kommt von Georges, mit folgenden wenigen Worten auf der Rückseite:

Ich war in Sydney, Melbourne, Adelaide,
Perth und Brisbane

Georges

Das lange Torgewölbe von Nummer 14 endet in einem kleinen Hof. Links von dem Hof nehmen ein paar Toiletten eine überdachte Fläche ein. Dort und am Fuße der Treppe von Gebäude C waren die Vandalen mit Leib und Seele dabei:

»Tod den Juden! Raus mit den Itzigs! Die Juden in die Verbrennungsöfen!« Und natürlich das unvermeidliche »Frankreich den Franzosen«.

Die Polizei, die gleichfalls benachrichtigt wurde, ist bereits
da und ermittelt. Die Hausmeisterin hat nichts gehört.

Auch andere Leute sind da. Ein paar Freunde, die nächsten
Nachbarn, die gekommen sind, um, wie man sagt, ihrer
Empörung Ausdruck zu geben. Noch andere, die dort arbeiten, wie der ältere Aktivist, den ich wiedererkenne, ein ehemaliger Deportierter, heute Pförtner bei der Ambulanz im
zweiten Stock.

»Man muß alles beseitigen!« schreit er, während ich versuche, ein paar Photos zu machen. »Man muß alles beseitigen!«

»Ganz und gar nicht«, sagt ein anderer, »das muß alles bleiben. Damit die Leute mal sehen, wozu die Faschisten fähig
sind!«

»Weil Sie glauben, daß die, die hierherkommen, das nicht
alle wissen? Meinen Sie etwa, ich ertrage es, jedes Mal, wenn
ich hierher pinkeln komme, zu lesen ›Tod den Juden!‹?«

Anna schreitet ein: »Wir entfernen das. Aber erst macht
Raphaël ein paar Photos.«

»Bravo!«

Ich habe den Namen des älteren Aktivisten vergessen, aber als
ich ihn schreien höre, erinnere ich mich, daß ich ihn kurz
nach dem Krieg bei einer Vorführung zugunsten der Kinder
in den Heimen der CCE gesehen habe. Er war plötzlich auf-
gesprungen und hatte gebrüllt: »Haltet den Film an! Haltet
den Film an! Ich habe meinen Vater wiedererkannt! Haltet
den Film an!« Auf der Leinwand sah man eine Kolonne von
Deportierten, von denen viele vor Erschöpfung zusammen-
brachen. Man hatte den Film nicht angehalten.

Ich betrachte noch einmal die Karte von Georges, die ich mir heute morgen nur kurz angesehen habe. Auf der Vorderseite ist links ein Photo von zwei Koalabären: Ein Koala-Baby auf dem Rücken seiner Mama. Rechts ein paar Informationen über den Koalabären. Zur Übung versuche ich eine Übersetzung:

»Warum heißt der Koala so? Die Ureinwohner Australiens verwendeten das Wort Koala, wenn sie das Wasser nicht aus einem gemeinschaftlichen Gefäß trinken wollten. Sie haben sich angewöhnt, das Wort zur Bezeichnung des Klettertiers zu verwenden, das nie trinkt: des Koalabären.
Der Koala, der von den ersten Siedlern einheimischer Bär genannt wurde, ist in Wirklichkeit kein Bär, sondern ein Beuteltier. Der Koalabär wiegt zwischen 5,5 und 13 Kilo und frißt fast ein Kilo Blätter pro Tag.
Bei der Geburt hat das Baby die Größe eines Zwei-Cent-Stückes, wiegt 5,5 Gramm und ist zwei Zentimeter lang. Nach sechs Monaten, die es im Beutel seiner Mutter verbringt, klettert das Baby auf ihren Rücken.
Im Alter von einem Jahr muß es seine Mutter verlassen, um selbst zurechtzukommen und seinen eigenen Baum zu finden.«

★

Wieder Schmierereien.
Diesmal in Bagneux. Auf dem Pariser Friedhof von Bagneux.
Ich kenne den Weg dorthin gut. Von der Porte d'Orléans aus muß man nur Montrouge durchqueren. Ich mache es immer so. Einmal im Jahr fahre ich dorthin.

Auf dem Friedhof von Bagneux versammelt sich jedes Jahr die jüdische Gemeinde zwischen Rosch-Haschone und Jom Kippur, um ihrer Toten zu gedenken. Für jede Stadt, für jeden Marktflecken einen Grabstein. Auf jedem Grabstein Namen. Eingemeißelte Namen. Die Liste derer, die eben gerade kein Grab bekommen haben. Und man liest einfach die Namen vor. Alle eingemeißelten Namen, ohne einen einzigen auszulassen.

Aber vorher findet die offizielle Feierlichkeit vor dem Denkmal der Jüdischen Kriegsteilnehmer statt. Zeremonie mit Reden und dem Kaddisch.

Noch davor trifft man sich im »Balto«, der Bar an der Avenue Marx-Dormoy, dem Haupteingang des Friedhofs direkt gegenüber. Die vier Billardtische hinten im Raum sind jeweils mit einer Platte abgedeckt wie vier Eßtische. Trotzdem wird es sehr schnell keinen Sitzplatz mehr geben, und man wird Tee trinken und Pickelfleisch-Sandwichs essen, die ein zuvor benachrichtigter Fleischer direkt neben dem Eingang der Bar verkaufen wird.

»Wie ist der Pickel heute?«

»Wie jedes Jahr.«

Auf dem Bürgersteig vor dem »Balto« verteilt das Bestattungshaus Warga seine Kalender. Gegenüber, eines neben dem anderen gegen die Umfassungsmauer des Friedhofs gelehnt, einige Dutzend Banner mit Inschriften in goldenen Lettern. Eines für jede Gesellschaft für Gegenseitige Hilfe: Der Verein von Brest-Litowsk, die Kinder von Kielce, die Lubliner, die Freunde von Demblin, die Freunde von Lask, die Freunde von Lobartow, von Plock, von Szydlowiec, von Bendzin, von Radom…

»Na, Raphaël, wir haben deine Eltern heute noch gar nicht gesehen?«

Das ist Etner, der Vorsitzende der Gesellschaft von Radom.

»Sie sind in Tel Aviv. Zur Bar-mízwe von Samuel, dem
Sohn von Betty.«

»Ist er schon dreizehn? Masl-tów! Na, und du, wann
kommst du zu unseren Versammlungen? Du weißt, daß wir
junge Leute wie dich brauchen... Bei all dem, was passiert...
Hast du gesehen, was sie mit den Gräbern angerichtet haben?
Hast du deinen Photoapparat nicht dabei?«

Nein, ich habe meinen Photoapparat nicht dabei.

An seiner Brust hat er eine Anstecknadel: »Erinnere dich!
6 000 000 Opfer der Nazibarbarei.« Schwierig, sich hier nicht
zu erinnern. Gerade bei all dem, was passiert. Wie die Wände
der Geschäftsstelle der UJRE sind hier siebzig Gräber des
Friedhofs geschändet worden. Siebzig Gräber bedeckt mit an-
tisemitischen Schmierereien.

Jedes Jahr war die jüdische Gemeinde vor allem glücklich
darüber, sich wiederzusehen. Dieses Jahr drängt sie sich em-
pört zu Feld 115. Man will es sehen, wie um zu überprüfen,
was man bereits weiß. Die Zeitungen haben von Splittergruppen und Außenseitern gesprochen, aber hier weiß man
seit langem, was aus Splittergruppen werden kann und wozu
sie fähig sind. Die Gräber von Bagneux sind bedeckt mit den
Namen der Opfer dessen, was zu Beginn der zwanziger Jahre
in Deutschland nur eine Splittergruppe war.

Der Weg von Feld 115 ist nicht breit genug, um die
Menge zu fassen, die zwischen den Gräbern umhergeht. Eine
Frau versucht mit ihrem Taschentuch, ein Hakenkreuz zu
entfernen, das mehrere Namen bedeckt. Es gelingt ihr nicht.
Sie kratzt mit ihrem Fingernagel, und es gelingt ihr noch immer nicht. Unwillkürlich greift meine Hand an die Stelle
meiner Brust, an der normalerweise meine Leica hängt.

Dieses Jahr ist die Menge, die in Bagneux zu dem Denkmal der Jüdischen Kriegsteilnehmer strömt, zahlreicher und hört den Reden aufmerksamer zu. Der Vorsitzende der Vereinigung der Jüdischen Gesellschaften Frankreichs hat, bewegter als gewöhnlich, wie stets den Repräsentanten der Gemeinde nacheinander das Wort erteilt. Reden, die uns natürlich zur Wachsamkeit aufrufen, aber etwas enttäuschende Reden, weil zu offiziell und nicht grundsätzlich anders als die, die in den vergangenen Jahren gehalten wurden.

Und dann kommt die Rede auf jiddisch, und die Leidenschaft ist wieder da. Und diese Leidenschaft führt dazu, daß ich zuhöre, auch wenn ich nicht alles verstehe. Denn natürlich gibt es noch von Zeit zu Zeit jiddische Reden, aber es gibt sie eben nur noch von Zeit zu Zeit. Das bedeutet also, daß ich neben den Worten auch der Sprache zuhöre.

Der Mann, der auf jiddisch spricht, ist ein alter Mann, aber er hat die ganze Kraft seiner Empörung bewahrt. Jahr um Jahr hat er bei allen Kämpfen, bei allen Auseinandersetzungen mitgemacht. Ich kenne ihn gut: 1945 war er zu dem Fest in der Ferienkolonie gekommen, um eine Rede zu halten. Und man nannte ihn schon damals bei seinem Vornamen: Mójsche.

Arbeiter, Jude und lange Zeit vorbildlicher Kommunist: Sein Leben ist wie das Echo der besonders engen Beziehung, die die Juden zur Geschichte haben: Pogrome in Polen und Geheimtreffen, Streiks und Gefängnis, Demonstrationen und nochmals Gefängnis. Und Emigration. Schneidergeselle in Polen, Schneidergeselle in Frankreich, aktiver Kommunist in Warschau, aktiver Kommunist in Paris im Komitee der M.O.I. – der Organisation Immigrierter Handwerker – Ausschluß, dann Aktivist bei der Roten Hilfe in Brüssel. Dann Spanien mit den Internationalen Brigaden, von neuem die Résistance in Frankreich. Dann die Befreiung und erneute

Hoffnung, die Rückkehr nach Polen und die enttäuschte Hoffnung. 1968 die Rückkehr nach Frankreich und heute das Herz in Israel auf der Seite der »Tauben«. Denn Mójsche gehört nicht zu der Sorte: Das passiert mir nicht noch einmal! Die großen Aufgaben haben ihn aufgrund seiner Großmut jedes Mal aufs neue gepackt. Und diese gewaltige Großmut ließ ihn, mit fast achtzig Jahren, noch immer eine Sache finden, die es zu verteidigen galt. Und noch immer mit der gleichen kämpferischen Leidenschaft und der gleichen Hartnäckigkeit.

Im gleichen Maß wie seine Tradition, seine Sprache, seine Kultur waren es die fortwährenden Kämpfe und all seine Enttäuschungen, die seine Identität geformt haben. Und wenn ich den alten Aktivisten vor mir sehe, wie seine zitternden Hände die Blätter seiner Rede umwenden, dann verstehe ich, daß, genau wie für Nathan, alle seine Niederlagen zunächst die Niederlagen unseres Jahrhunderts sind, und das wird auch an uns weitergegeben.

Und da, in dem Augenblick, in dem der alte Mójsche auf den Skandal der geschändeten Gräber zu sprechen kommt, da fällt die Spitze einer der vier entzündeten Fackeln, die seit dem Beginn der Zeremonie von vier jüdischen Veteranen gehalten werden, zur Erde. Und wegen des Harzes oder des Wachses, mit dem die Fackeln getränkt sind, beginnt das Gras, beängstigend rasch Feuer zu fangen. Und weil man dieses Fackelende doch nicht einfach so im Gras brennen lassen kann, macht sich der Mann, dem noch ein Stück brennende Fackel in der Hand geblieben ist, daran, das Feuer auf der Erde mit kräftigen Tritten zu löschen. Direkt neben Mójsche, der deshalb lauter redet, trampelt also der Mann, der für den Anlaß seine frisch gebügelte alte Sträflingsjacke angezogen hat, jetzt mit beiden Füßen auf dem Boden herum, weil er unbedingt das Feuer löschen muß, weil es, wie er weiß, Mój-sche stört, der gerade von dem wiedererstehenden Faschismus spricht.

Und die anwesende stumme Menge ist, tatsächlich, von dem ungewöhnlichen und unerwarteten Schauspiel abgelenkt, das sich ihr bietet. Was unter anderen Bedingungen leichte Heiterkeit ausgelöst hätte, bewirkt hier eher eine etwas beunruhigte Neugier. Die versammelte Gemeinde sieht auf den alten Mójsche, der seinerseits wütend auf den Veteranen sieht, der sich noch immer beinahe tanzend über die Flamme hermacht, die nicht aufhört zu brennen und die Wut von Mójsche weiter anheizt. Und der Gemeinde gelingt es nicht mehr, sich auf die Rede zu konzentrieren, die doch gerade in diesem Moment nachdrücklich auf die Gefahren verweist, die uns bedrohen, und die uns auch zur Wachsamkeit aufruft. Alle sind nur von dem Schauspiel zweier Männer fasziniert, die Seite an Seite stehen, zweier alter Juden, die ihr Leben erfüllt haben und versuchen abzuschließen, was sie begonnen haben: die Rede bei dem einen, das Löschen des Feuers bei dem anderen.

Und als Mójsche uns endlich ein gutes neues Jahr gewünscht hat, sind die letzten Halme verglüht und haben am Boden einen großen braunen Fleck hinterlassen.

Danach gab es das El Male Rachmim, das Totengebet. El Male Rachmim schochéjn ba-me-rom-mim... Ich kenne nur den Anfang – ich verstehe kein Hebräisch – aber ich weiß ganz genau, an welcher Stelle und in welcher Reihenfolge die Namen kommen: Auschwitz, Majdanek, Treblinka, Chelmno, Babi Jar, Ghetto Varsho...

Sobald das Totengebet beendet ist, versammeln sich die Mitglieder jeder Gesellschaft Gegenseitiger Hilfe hinter ihrem jeweiligen Banner, weil jetzt der zweite Teil der Zeremonie beginnt. Der, bei dem man sich mit seiner eigenen Familie beschäftigt und dessentwegen man vor allem gekommen ist.

Wie bei jenen touristischen Rundreisen, bei denen sich nie etwas ändert, ist die Strecke jedesmal dieselbe: Avenue des tilleuls de Hollande, Avenue des cerisiers à fleurs, Avenue des érables pourpres, Avenue des noyers noirs. Das sind die Namen der Alleen, die den gewohnten Weg der in Feld 31 zusammengeschlossenen Gesellschaften bilden. Würden sie leicht den Kopf heben, sähen jene, die sich auf diesen Weg begeben, zwischen den Stämmen der Nußbäume, die zu Jom Kippur noch mit Blättern bedeckt sind, die ununterbrochene Folge künstlicher Blumen und auf den Gräbern errichteter Kreuze, die die Lage der katholischen Felder anzeigen.

Man redet von der Arbeit, und man redet von den Kindern und von Krankheiten und von den besetzten Gebieten. Und geschändeten Gräbern. Das ganze Leben des Jahres in einem einzigen Gespräch.

Akierman Berek

Akierman Kopek, Fanny und ihr Sohn

Berneman Rachel

Berneman Nathan, Thérèse und Ida

Berneman Itzek, Chaja und sechs Kinder

Berneman Moszek und seine Familie

Berneman Nachman und seine Familie

Wir sind einige Dutzend von der Gesellschaft der Freunde von Radom, die sich um den Grabstein der aus Radom Gebürtigen versammeln. Der Sekretär der Gesellschaft liest aus einem kleinen Karoheft die Namen in der Reihenfolge, in der sie in den schwarzen Marmor der Gruft eingemeißelt sind. Mit lauter Stimme, damit die Namen gehört werden.

Etner Fishel, Berger, Lejzer

Epsztein Icek, Drezla, Herchel

Epsztein Pinkus, Etel und Fajga
Frydman Joseph und seine Familie
Frydman Hersch, Perla und Bronka …
Und dann herrschte ein kurzes Schweigen. Danach, ohne sich
von der Stelle zu bewegen, hat der Sekretär das kleine Heft an
Etner weitergegeben, der neben ihm stand und sichtlich dar-
auf wartete, und hat ihm mit dem Zeigefinger genau die
Stelle gezeigt, von wo an die Namen weiter vorgelesen wer-
den sollten. So hat er seinen Familiennamen hören können.
Fünf Mal. Sein Vater, seine Mutter, sein Bruder und auch
seine Frau und sein Sohn.

»Es ist jedes Jahr das gleiche. Jedes Mal, wenn er bei seinem Namen ankommt, kommen nur Tränen.«

Eine Frau neben mir kommentierte.

Etner fuhr mit der Lektüre fort.

Um uns herum, von Grabstein zu Grabstein, tönte dieselbe
Litanei von Namen zu uns herüber. Ein dumpfes Lärmen, an
dem sich jeder festzuklammern schien. Ein Lärmen, das dieselbe Geschichte erzählte, die jeder hier seit so langer Zeit
kannte, und die alle, die hergekommen sind, vereinte.

Nachdem ich den Namen meiner Großeltern gehört hatte,
habe ich zur Gesellschaft der Freunde von Siedlec gesehen.
Monsieur Charles war da und hörte zu. Ich bin zu ihm gegangen.

»Monsieur Charles?«

»Du bist es. Guten Tag Raphaël.«

»Wie geht's?«

»Es geht. Es geht sehr gut.«

Da ich nicht wußte, nach wem ich mich erkundigen sollte,
habe ich mich nach niemandem erkundigt. Die Namen der
aus Siedlec Gebürtigen füllten das Schweigen.

Monsieur Charles trug, wie mein Vater, einen Anzug

»nach Maß«, wie man sie sich noch vor zwanzig Jahren anläßlich der Bälle der Gesellschaften machen ließ. Der von Monsieur Charles war nicht sehr neu. Unter seiner Jacke trug er
einen dicken Pullover mit V-Ausschnitt, der seine Krawatte
sehen ließ.

Bei der Gesellschaft von Siedlec wurden die Namen nicht
in alphabetischer Reihenfolge vorgelesen. Dennoch, beim
Buchstaben G schloß Monsieur Charles halb die Lider. Drei
Mal wurde sein Name genannt.

»Meine Frau und meine beiden Töchter«, hat Monsieur
Charles gesagt.

»Ja ... Ich habe es gehört.«

Ich habe mir gesagt, daß ich mich auf das verlassen sollte,
was um uns herum geschah.

»Wie war die Bar-mizwe?« nahm Charles das Gespräch
wieder auf. Aber das war nach einer ganzen Weile.

Ich fühlte mich mit Monsieur Charles wohler, wenn er die
Fragen stellte, wenn von ihm die ersten Worte kamen. So
habe ich sehr schnell und wegen des Verlesens der Namen
sehr leise alles erzählt, was mir meine Mutter am Telefon gesagt hatte: von dem Fest, den Geschenken und der Freude bei
allen.

»Ja, ich habe eine Postkarte bekommen«, hat Charles gesagt, »sie schienen zufrieden zu sein.«

Von Siedlec her hörte ich Kirzenbaum und von Radom
her hörte ich Lublinski. Es gibt all das, was gesagt wird, und
es gibt all die Dinge, die man in seinem Kopf hört.

Es kommt vor, daß man auf dem Friedhof zu den Körpern
der Toten spricht. Manchmal sitzt man auf einem kleinen
Klappstuhl und hält sie auf dem Laufenden über das, was passiert. Wer noch lebt und wer gestorben ist. Wer verheiratet ist
und wer ein Kind hat. Weil man versucht, eine Leere zu fül-

len, bemüht man sich, das unterbrochene Gespräch weiterzu-
führen, die Anwesenheit des andern zu spüren.

Auf dem Friedhof von Bagneux steht man immer. Es gibt
Grabsteine und niemanden darunter. Niemand liegt dort begraben. Das ist alles, was man davon sagen kann. Sie sind
nicht da. Sie sind nie da gewesen. Die Gräber der Gesellschaften, deren Überlebende sich jedes Jahr dort versammeln, sind
Gräber von abwesenden Körpern. Die Körper der Toten sind
unerreichbar, und das ist es, was unannehmbar ist und weshalb man mit lauter Stimme die in den Stein eingravierten
Namen vorliest.

Als alle vorgelesen waren, sind wir langsam gegangen. Und
weil man auch aus Gedächtnis besteht, hat man noch im
»Balto« halt gemacht, um ein paar Erinnerungen dorthin zu
tragen.

Aber vielleicht sind jene, die dort haltmachen, zunächst
deshalb gekommen, um zu erfahren, wie es ihnen geht? Einfach nur deshalb. Denn fragen, wie es geht, ist, mit dieser Erinnerung, noch das Beste, was man tun kann.

Monsieur Charles hatte nicht im »Balto« haltgemacht. Er
saß auf einer Bank und schien auf den Autobus zu warten.
Dort habe ich ihn gesehen, als ich mit dem Auto die völlig
verstopfte Avenue Marx-Dormoy hinauffuhr.

Der Himmel ist grau geworden. Die Wolken, die von einem leichten Wind herangetragen worden waren, schienen
sich einen Moment lang über Bagneux festzusetzen. Ein kleiner, sanfter Regen ist gefallen. Charles schien es nicht zu bemerken. Vielleicht spürte er ihn nicht wegen seines Hutes.

Er hat auf mein Winken nicht reagiert. Vielleicht mußte
man ihn mit seiner Trauer allein lassen, weil er sich so oder so
nicht mehr von ihr befreien konnte. Einer Trauer, die ihm den
Blick nahm und die sich hinter den Dingen verlor, die er sah.

Autos hinter mir hupten mehrfach ungeduldig. Ich habe die Scheibenwischer angemacht und Charles auf der Bank sitzen lassen, wo neben ihm, völlig unnütz, sein geschlossener Regenschirm lag.

Ein neues Jahr begann.

★

Heute nachmittag habe ich Monsieur Charles besucht. Er lebt in einem jüdischen Altenheim.

»Er muß achtundsiebzig oder neunundsiebzig Jahre alt sein«, hat mir meine Mutter gesagt. »Er hätte nicht da hingehen brauchen«, hat sie hinzugefügt. »Er ist nicht krank und hat eine Menge Freunde. Aber er ist so dickköpfig.« Und sie hat mir einen Kuchen für ihn mitgegeben.

Um ganz offen zu sein, so bin ich nicht nur deshalb in das Altenheim gegangen, um Monsieur Charles zu sehen. Ich beabsichtige schon seit langem und im Rahmen einer Arbeit, die ich gerade mache, alte Juden zu photographieren, die noch einen jiddischen Tonfall haben. Jene alten Juden, die noch die Welt in sich tragen, die sie verlassen hatten. Eine Welt, mit der sie manchmal gebrochen hatten, und die zerstört worden war. Darum geht es: Photos zu machen und mich damit (die Formulierung ist nicht gut, aber ich finde keine andere) in eine Geschichte einzuschreiben.

Was beim Betreten des Zimmers von Monsieur Charles sofort auffiel, war das Fehlen von persönlichen Gegenständen. Nicht einmal eine gerahmte Photographie, die auf dem Nachttisch gestanden hätte. Nur ein Nachttisch also, und ein niedriger Tisch, ein Einzelbett, ein kleiner Schrank, zwei Stühle und ein kleiner Sessel, in dem Charles saß.

Auf dem kleinen Tisch eine Obstschale mit drei Äpfeln.

Golden Delicious. Und auch ein Aschenbecher, weil Monsieur Charles sich entschlossen hatte, mit Rauchen anzufangen, um ein Zimmer für sich zu haben.

Und außerdem ein überraschender und sicher einzigartiger Gegenstand: Auf einem Brett, das mit Winkeln an der Wand hing, war eine Art Wurfspiel befestigt, wie man sie noch von Zeit zu Zeit auf Jahrmärkten sieht. Dieses hier hatte die Besonderheit, ungeschickt gezeichnete, aber einwandfrei erkennbare Kriegsverbrecher darzustellen: Hitler, Mussolini, Pétain, Göring, Goebbels, Laval, Doriot...

»Erkennst du sie?«

»Nicht alle. Ich weiß nicht, wer das neben Goebbels ist.«

»Himmler.«

»Und neben Doriot?«

»Déat und Darnand. Und es fehlen viele, die in ihrem Bett gestorben sind oder noch heute morgen ihre Croissants gegessen haben.«

Charles hat damit angefangen, kleine Stoffbälle aus einem Korb neben sich zu nehmen. Er warf sie ohne zu zielen. Manchmal warf er zwei gleichzeitig. Manche trafen ihr Ziel. Und die mit Scharnieren befestigten Köpfe kippten nach hinten um.

»Wie sind Sie dazu gekommen?«

»Ich habe es gekauft.«

»Wo?«

»Wo? Bei wem? Wieviel? Warum ist das wichtig? Ich habe es gekauft und fertig.«

»Und die Bälle?«

»Die waren dabei.«

Charles hatte seinen Vorrat an Bällen verbraucht, und die Köpfe waren fast alle umgefallen. Ich habe die Köpfe wieder aufgestellt und die im Zimmer verteilten Bälle wieder in den

Korb getan. Ich kroch noch auf allen vieren herum, um die unter das Bett gerollten zu suchen, als eine Dame in Schwesternkleidung hereinkam und ein Tablett brachte.

»Bitte schön, Monsieur Charles: Tee für zwei Personen, wie Sie gewünscht haben.« Sie drehte sich zu mir:

»Wenn Sie erst damit anfangen, hören Sie nie auf. Monsieur Charles ist wie ein Kind, jedes Mal, wenn man sie wieder aufsammelt, wirft er sie erneut. Und außerdem schummelt er manchmal: Er wirft mehrere gleichzeitig.«

»Ich schummle? Ich schummle? Wer schummelt hier? Na? Wer schummelt hier? Wer schummelt hier?« Und bei jedem »Wer schummelt hier?« prallte eine Kugel auf das Wurfspiel.

Die Krankenschwester ist kopfschüttelnd hinausgegangen, und Charles hat sich schließlich den Schweiß vom Gesicht gewischt.

»Gut, wir können jetzt den Tee trinken«, hat er gesagt und auch die Brille abgewischt. Er hat ein Messer aus der Nachttischschublade geholt und eine halbe Zitrone, die hinter einem Apfel in der Obstschale versteckt war – »Magst du Zitrone?« –, von der er sorgfältig zwei Scheiben abgeschnitten hat. Und dann hat er den Kuchen aufgeschnitten.

»Nimm ein Stück.«

»Nein, nein, der ist für Sie.«

»Iß! Es ist zuviel für mich.«

»Sie können ihn mit den andern teilen.«

»Damit sie sagen, daß ihrer besser war? Iß!«

Wir haben schweigend gegessen.

Nachdem einige Zeit vergangen war, habe ich Charles gesagt, daß ich noch ein paar Mal kommen würde. Um ihn zu sehen und wegen der Photos. Ich habe noch einen Moment gewartet und dann getan, was ich gesagt hatte, ich bin aufgestanden, um zu gehen.

Charles hat einen Ball genommen und ist ebenfalls aufgestanden.

»Such dir einen Kopf aus.«

»Pétain.«

Am Ende einer perfekten Flugbahn ist der Ball mit einem matten Geräusch auf der Stirn aufgeschlagen. Er machte Klack!, der alte Lumpenhund.

Im selben Moment habe ich gewußt (aber zweifelte ich denn noch daran?), daß ich sehr bald wiederkommen würde.

Diejenigen alten Juden des Altenheimes, die nicht in ihren Zimmern waren, saßen in der Halle auf Sesseln, die an den Wänden aufgereiht waren.

Wie die Kinder im Schulhof der Grundschule um halb fünf darauf warten, daß sie abgeholt werden, saßen sie dort einer neben dem andern. Auch eine kleine Alte, deren Füße gerade den Boden berührten und die ausgehbereit schien. Obwohl es Sommer war, trug sie einen Mantel, und auf ihren Knien lag eine Handtasche. Von Zeit zu Zeit, aber sehr regelmäßig, bewegte sie die Lippen. Ich habe vermutet, daß sie mit ihren Erinnerungen redete. Jenen, die ein für allemal festgelegt sind. Sie vollführte auch eine ganze Reihe von kleinen Bewegungen: Sie öffnete ihre Handtasche, griff mit ihrer rechten Hand hinein, ohne mit dem Murmeln aufzuhören, holte einen Schlüsselbund heraus, sah ihn an und hielt einen Moment inne, legte ihn dann wieder in die Tasche, die sie sogleich wieder verschloß. Und sie begann von neuem. Dieselben Bewegungen wiederholten sich auf exakt gleiche Weise. Die Zeit, ihre Zeit, schien von diesen wenigen Bewegungen ihren Rhythmus zu erhalten.

Als ich an ihr vorbei zum Ausgang ging, überkam mich fast ein Zittern: Das, was die alte kleine Jüdin unaufhörlich mit perfekter Regelmäßigkeit murmelte und was ich mir als die Geschichte eines langen Weges vorstellte, das, was ich mit der größten Präzision, der allervollständigsten Klarheit gehört habe, war nur ein einziges Wort, immer dasselbe und immer zweimal hintereinander, das, mit dem sie uns so oft begrüßt hat: »Bonjour, bonjour.«

*

Ich habe gestern auf FR 3 eine Sendung über die Kinder der Deportierten gesehen. Sie ist anläßlich des vierzigsten Jahrestages der Razzia des Vélodrome d'Hiver wiederholt worden. Das erste Mal war 1971. Ich sehe sie mir noch einmal auf meinem Videorecorder an, ich notiere mir den Schluß:

»... Wir haben Bernadette, Liliane, Simone, Janine und Nadia gehört, und vielleicht haben wir durch sie auch die andern gehört. Diejenigen, die ich nicht aufgesucht habe oder die sich geweigert haben, zu kommen. Diejenigen, die, wie man sagt, größere Schwierigkeiten haben, damit fertig zu werden, und die in der Mehrheit sind. Und dann haben wir vielleicht auch ein wenig Marcel gehört, dem diese Sendung gewidmet ist.
Er war 1945 nach Andrésy gekommen, gleichzeitig mit den anderen. Er war sechs. Während seine Kameraden sich bereits einrichteten, stand er abseits. Er lehnte an einem Baum und weinte. Er war nicht zu trösten. Er wollte nicht in dieses für ihn zu große Haus gehen. In dieses Haus, das ihn in nichts an das seiner frühen Kindheit erinnerte.
Es gibt Wesen, zu denen man leichter Zuneigung faßt, zu

ihnen gehörte Marcel. Aber alle Zuneigung, die ihn umgab, hatte ihn nicht gehindert, allein zu sein. Eines Tages im November 1963 hat er sich im Park des Schlosses von Andrésy umgebracht. Er war vierundzwanzig.

Ich weiß nicht, ob man einen Tod erklären kann, und zweifellos ist es besser, zu schweigen. Trotzdem kann ich diesen Tod, seitdem ich von ihm erfahren habe, nicht vergessen. Vielleicht, weil Marcel nicht am 26. November 1963 gestorben ist, sondern bereits vor etwas mehr als fünfundzwanzig Jahren mit seinen Eltern umgebracht wurde.«

★

Heute morgen mit der Post einen Brief des Vereins der Ehemaligen der Heime der CCE bekommen, wegen des jährlichen Treffens, er enthält Datum und Ort des Treffens. Und dann das Folgende:

Eintrittskarte: Ein Familienphoto, vor allem das Ihrer Kinder und Ihrer Enkel. Wir würden gern ein großes Album in Form eines Wandbildes machen, das sich mit der Ankunft aller nach und nach vergrößern würde.

Für den Verein der Ehemaligen:
Annette P. – Emile J. – Paulette C. –
René K. – Rosette T. – Rosette B. –
Georges P. – Simon G. – Simone M.

DANKSAGUNG

Dieses Buch wäre vermutlich nie erschienen, wenn ich nicht zwischen 1947 und 1953 zunächst als Lehrling, dann als Näher und schließlich als Zuschneider in zahlreichen Schneidereien gearbeitet hätte.

So gilt mein Dank an erster Stelle all jenen Meistern und Angestellten, mit denen ich so viele Haupt- und Nebensaisons erlebt habe, vor allem David Grynszpan, Jacques Goroch, Adolphe Knoplioch und Albert Mintz.

Mein Dank gilt auch meinen Freunden Pierre Dumayet, Jean-Claude Grumberg, Paul Otchakovsky-Laurens, Georges Perec, Louba Pludermacher und André Schwarz-Bart, die in verschiedener Hinsicht in diesen Geschichten präsent sind.

ANMERKUNGEN

S.7 Jiddisch für: Neu eingetroffener Einwanderer. Im Amerikanischen heißt er *Greenhorn*, im Französischen *Bleu*.

S.10 Markenname einer bei den Maßschneidern sehr verbreiteten Schneiderpuppe.

S.12 *Diplôme de l'enseignement primaire public*, die Prüfung zur Aufnahme in die sechste frz. Klasse.

S.15 Dt. Titel: »Der Regenbogen«.

S.19 Pierre Georges Fabien verübte am 21. August 1941 das erste Attentat, bei dem in Paris ein deutscher Offizier getötet wurde (A.d.Ü.).

S.21 »Ich verzieh' mich, Senegalese!«

S.22 Frz.: »...il se tire ailleurs.« Die *Tirailleurs sénégalais* waren die Senegalschützen, eine bekannte Einheit der französischen Kolonialarmee.

S.28 Jiddisch: »Zu Hilfe!«.

S.30 Synagogendiener.

S.30 Vorort im Nordosten von Paris; dort wurde 1941 ein Konzentrationslager errichtet (A.d.Ü.).

S.32 Gebot, »gute Tat«.

S.34 Eine große Veranstaltungshalle im 6. Arrondissement (A.d.Ü).

S.41 Linke jüdische Wochenzeitung, herausgegeben von der UJRE, der jüdischen Résistance-Vereinigung.

S.49 Jiddisches Gedicht von Louis Miller, übersetzt nach der französischen Fassung von Charles Dobzinski.

S.51 »Pariser Yiddisches Avantgarde-Theater«

S.54 »Juden! Hauptsache, man sieht sich!«

S.56 »Alles Gute!« Glückwunsch bei Hochzeiten, Geburten usw.

S.57 Am 16. und 17. Juli 1942 erfolgte in Paris die *Rafle du Vel' d'Hiv*, die Razzia des Vélodrome d'Hiver. Die französische Polizei verhaftete innerhalb zweier Tage über 12.000 jüdische

Männer, Frauen und Kinder, die zum größeren Teil zunächst in
das Vélodrome d'Hiver, die Radrennbahn der Stadt, gebracht
wurden, bevor sie in die Lager von Pithiviers und Beaune-la-
Rotonde kamen (A.d.Ü.).

S.57 *Union de la Jeunesse Juive,* Vereinigung der jüdischen Jugend.

S.58 Koseform für: kleiner Junge.

S.59 *Commission Centrale de l'Enfance:* Zentrale Kinderkommission.
Eine Organisation, die vor der Befreiung Frankreichs von der
»Vereinigung der Juden für die Résistance und gegenseitige
Hilfe« (*Union des Juifs pour la Résistance et l'Entraide,* UJRE) ge-
gründet worden war, deren Aufgabe vor allem im Schutz
jüdischer Kinder bestand.

S.60 »Es hat die kleine Tsipele sich in die Lippe gebissen. – Tsipele,
warum weinst du? Willst du einen Apfel? – Nein, nein, nein,
wer sagt denn, daß ich wein'?«

S.61 Dt. Titel: »Der Hauptgewinn«.

S.62 Ein damals bekannter Komiker (A.d.Ü.).

S.63 D.h. eine Station vorher (A.d.Ü.).

S.71 Zu Neujahr.

S.71 Wiederkehr eines Todestages.

S.73 »Joseph, mir ist finster vor den Augen.«

S.80 Deutsch im Original (A.d.Ü.).

S.85 *Œuvre de secours aux enfants et de protection de la santé des popula-
tions juives,* ein »Hilfswerk für Kinder und den Gesundheits-
schutz der jüdischen Bevölkerung«. Das Hilfswerk war 1912 in
Rußland gegründet worden, der französische Zweig 1935.

S.91 »Städtebesuchen« (*J'ai visité*) ist ein Gedächtnisspiel: Die Spieler
sitzen im Kreis. Der erste Spieler sagt: »Ich war in...« und nennt
den Namen einer Stadt. Der folgende Spieler sagt: »Ich war
in...«, nennt die erste Stadt, dann eine andere. Und so weiter,
bis die Runde einmal herum ist. Jeder Spieler, der die Reihenfolge der Städte vertauscht oder eine Stadt vergißt, scheidet aus.
Im allgemeinen geht die Reihe mehrmals herum, bis alle Spieler
ausgeschieden sind. Der Gewinner ist natürlich der letzte, der
alle besuchten Städte in der richtigen Reihenfolge nennt.

S.96 Leibele ist die Koseform von Leo.

S.124 Schlaumeier.

S.124 Ein zu der Zeit sehr bekanntes Pariser Varietétheater (A.d.Ü.).

S.133 Es handelt sich um Lucien Rebatet, Pierre-Antoine Cousteau und Claude Jeantet. Am 23. November 1946 wurden die ersten beiden zum Tode verurteilt, der dritte zu lebenslänglichem Zuchthaus.

S.133 Der Schriftsteller Robert Brasillach (geb. 1909), der auch als einer der besten Kritiker seiner Zeit galt, hatte sich seit 1934 auf der äußersten politischen Rechten engagiert und war 1937 Chefredakteur von *Je suis partout* geworden. Nach der Befreiung Frankreichs wurde er zum Tode verurteilt und trotz einer von zahlreichen Intellektuellen unterzeichneten Petition am 6. Februar 1945 im Fort von Montrouge, einem Vorort von Paris, hingerichtet (A.d.Ü.).

S.134 Rebatet ist nicht hingerichtet worden. Er wurde am 12. April 1947 begnadigt und 1952 freigelassen.

S.138 Etwa »Wiedergeburt des französischen Haushalts« und »Verband der gutgläubigen Mieter«.

S.139 Vgl. Anm. S.59.

S.145 Die religiöse Grundschule.

S.156 Dt. Filmtitel: »Goldhelm«.

INHALT

Rafik Schami im dtv

»Meine geheime Quelle ist die Zunge der anderen. Wer erzählen will, muß erst einmal lernen zuzuhören.«
Rafik Schami

Das letzte Wort der Wanderratte
Märchen, Fabeln und phantastische Geschichten
dtv 10735

Die Sehnsucht fährt schwarz
Geschichten aus der Fremde · dtv 10842
Erzählungen vom ganz realen Leben der Arbeitsemigranten in Deutschland.

Der erste Ritt durchs Nadelöhr
Noch mehr Märchen, Fabeln & phantastische Geschichten · dtv 10896

Das Schaf im Wolfspelz
Märchen & Fabeln
dtv 11026

Der Fliegenmelker und andere Erzählungen
dtv 11081
Geschichten aus dem Damaskus der fünfziger Jahre. Im Mittelpunkt steht der unternehmungslustige Bäckerjunge aus dem armen Christenviertel, der Rafik Schami einmal gewesen ist.

Märchen aus Malula
dtv 11219
Rafik Schami versteht es, in diesen Geschichten den Zauber, aber auch den Alltag und vor allem den Witz und die Weisheit des Orients einzufangen.

Erzähler der Nacht
dtv 11915
Salim, der beste Geschichtenerzähler von Damaskus, ist verstummt. Sieben einmalige Geschenke können ihn erlösen. Da schenken ihm seine Freunde ihre Lebensgeschichten...

Eine Hand voller Sterne
Roman · dtv 11973
Alltag in Damaskus. Über mehrere Jahre hinweg führt ein Bäckerjunge ein Tagebuch...

Der ehrliche Lügner
Roman · dtv 12203
Der weißhaarige Geschichtenerzähler Sadik erinnert sich an seine Jugend, als er mit seiner Kunst im Circus India auftrat. Und an die Seiltänzerin Mala, seine große Liebe...

Antonio Tabucchi im dtv

»Tabucchi läßt Reales und Imaginäres ineinanderfließen
und webt ein Gespinst von ›suspense‹,
in dem man sich beim Lesen gerne verfängt.«
Barbara von Becker in ›Die Zeit‹

**Kleine Mißverständnisse
ohne Bedeutung**
Erzählungen · dtv 10965
Von der Lust, Irrtümer,
Unsicherheiten und un-
sinnige Sehnsüchte aufzu-
spüren und zu benennen.

Der kleine Gatsby
Erzählungen · dtv 11051
Ein labyrinthischer Gar-
ten voll faszinierender
Menschheitsrätsel. So zum
Beispiel die Portugiesin
Maria, die hinter dem
Rücken ihres Mannes Fa-
milien exilierter Literaten
hilft; ein von Selbstzwei-
feln geplagter Schriftsteller, der zum Ergötzen
mancher Abendgesell-
schaft auswendig Fitz-
geralds Romananfänge
deklamiert; oder Ettore,
der als Nachtclubsängerin
Josephine rauschende
Erfolge feiert.

Indisches Nachtstück
dtv 11952
Auf der Suche nach einem
Mann, der auf geheimnis-

volle Weise in Indien ver-
schollen ist. Forscht der
Autor nach seinem eige-
nen Ich oder nach einer
wirklichen Person? Oder
ist der Sinn des Suchens
das Unterwegssein, die
Reise?

Der Rand des Horizonts
Roman
dtv 12302
In der Leichenhalle wird
ein junger Mann eingelie-
fert, der bei einer Haus-
durchsuchung erschossen
wurde. Spino macht sich
auf die Suche nach der
Identität des Fremden...

Erklärt Pereira
Eine Zeugenaussage
dtv 12424
Portugal unter Salazar.
Pereira, ein in die Jahre
gekommener, politisch
uninteressierter Lokalre-
porter, hatte mit seinem
Leben fast schon abge-
schlossen. Doch dann
gerät er unversehens auf
die Seite des Widerstan-
des...